이스트, 웨스트

EAST, WEST
by Salman Rushdie

이 도서의 국립중앙도서관 출판예정도서목록(CIP)은
서지정보유통지원시스템 홈페이지(http://seoji.nl.go.kr)와
국가자료공동목록시스템(http://www.nl.go.kr/kolisnet)에서 이용하실 수 있습니다.
(CIP제어번호: CIP2015020374)

이스트, 웨스트

EAST, WEST

살만 루슈디 소설

김송현정 옮김

문학동네

일러두기

1. 주석은 모두 옮긴이주이다.
2. 본문 중 고딕체는 원서에서 대문자나 이탤릭체로 강조한 부분이다.

앤드루와 길런에게

CONTENTS

이스트
EAST

웨스트
WEST

이스트, 웨스트
EAST, WEST

이스트

EAST

좋은 충고는 루비보다 드물다

GOOD ADVICE IS RARER THAN RUBIES

그달의 마지막 화요일, 새벽 버스가 여전히 전조등을 빛내며 레하나 양을 영국영사관 정문 앞에 실어다놓았다. 버스가 도착하면서 먼지구름을 일으켰고, 레하나 양이 버스에서 내릴 때까지 그녀의 아름다움은 타인들의 눈에 띄지 않았다. 버스에는 다채로운 아라베스크 문양이 화사하게 그려져 있었는데, 앞쪽에는 녹색과 금색 글자로 '비켜요 자기'라고 적혀 있었고, 뒤쪽에는 '타타-바타'* 그리고 '그래 멋진 인생'이라고 덧붙여져 있었다. 레하나 양이 운전기사에게 버스가 참 멋지다고 말하자, 기사는 버스에서 뛰어내려 문을 잡아주더니 그녀가 내리는 동안 과장되게 허리를 숙였다.

* 우르두어로 '잘 가요 그대'라는 뜻. 파키스탄의 트럭이나 버스 운전자들은 화려한 무늬와 재치 있는 문구로 자동차를 장식하는 데 공을 들인다.

레하나 양의 눈은 안티모니*의 도움이 필요치 않을 정도로 크고 검고 맑았는데, 조언 전문가 무함마드 알리는 그 눈을 보자 다시 젊어지는 기분이 들었다. 그는 동틀 무렵에 그녀가 영사관 정문으로 다가가서 수염 기른 랄라**에게 문이 언제 열리느냐고 묻는 모습을 지켜보았다. 정문을 지키는 랄라는 금단추가 달린 카키색 제복에 꽃모양 모표帽標로 장식한 터번을 착용하고 있었는데, 화요일에 영사관을 찾는 여자들에게 대개는 몹시 무례하게 굴었지만, 레하나 양에게는 어딘지 모르게 호의적으로 답했다.

"삼십 분, 어쩌면 두 시간 뒤에. 낸들 알겠소? 사히브***들은 지금 아침식사중이오."

랄라가 무뚝뚝하게 말했다.

버스 정류장과 영사관 건물 사이 먼지 자욱한 구내에는 이미 화요일의 여자들이 가득했는데, 그중 몇은 베일을 썼고 몇은 레하나 양처럼 맨얼굴이었다. 여자들은 모두 겁을 먹은 듯 삼촌이나 오빠의 팔에 바짝 기댔고, 남자 동행들은 당당해 보이려고 애를 썼다. 하지만 레하나 양은 혼자 왔으며, 조금도 불안해 보이지 않았다.

무함마드 알리는 이렇게 일주일에 한 번씩 모여드는 탄원자들 중에서 가장 물렁해 보이는 사람을 골라 조언을 해주며 먹고살았

---

* 고대이집트에서 가루를 내 기름과 섞어 눈화장에 사용한 광석 이름.

** 인도나 파키스탄에서 남성을 정중하게 이를 때 쓰는 말.

*** 식민지 인도에서 영국 출신 관리들을 높여 이르던 말. 지금도 인도나 파키스탄에서 남성에 대한 경칭으로 쓰인다.

는데, 뜻밖에도 오늘은 그의 발걸음이 이 묘하고 자립적인 방울눈 아가씨에게로 향했다.

"처자, 런던 입국허가를 받으러 오셨소?" 무함마드 알리가 말문을 열었다.

레하나 양이 구내 언저리와 맞닿은 작은 판자촌 노점 앞에서 칠리 파코라*를 만족스레 아삭아삭 씹어 먹다가 고개를 돌려 쳐다보았다. 무함마드 알리는 가까이에서 그 눈을 보자 속이 이상했다.

"네, 맞아요."

"그렇다면 내가 조언을 좀 해드려도 되겠소? 푼돈만 받고."

"좋은 충고는 루비보다 드물죠. 하지만 아아, 저는 값을 치를 능력이 없어요. 저는 고아거든요. 부유한 숙녀 고객이 아니랍니다." 레하나 양이 웃으며 말했다.

"내 백발을 믿어봐요. 내 조언은 경험으로 담금질이 되어 있다오. 내 조언이 쓸 만하다는 사실을 분명히 깨닫게 될 거요." 무함마드 알리가 설득하려 들었다.

그녀는 고개를 저었다. "저는 정말 가난뱅이예요. 여기엔 급료를 많이 받는 바깥식구와 함께 온 여자들도 있잖아요. 그 사람들한테 가보세요. 좋은 충고라면 좋은 대가를 받아야죠."

미치겠군. 무함마드 알리는 생각했다. 그의 목소리가 제멋대로 이렇게 말하고 있었기 때문이다. "처자, 나는 운명의 여신에게 이

---

* 칠리 고추 안에 고기나 채소를 넣고 튀긴 음식.

끌려 왔다오. 어쩌겠소? 우리의 만남이 이미 정해져 있었는걸. 나 역시 가난한 사람일 뿐이지만, 처자를 위해 공짜로 조언을 해드리리다."

그녀가 또다시 웃었다. "그렇다면 꼭 들어야겠군요. 운명의 여신이 보낸 선물이라면 그건 분명 행운일 테니까요."

무함마드 알리는 레하나 양을 이끌고서 판자촌 모퉁이 지정석에 있는 앉은뱅이책상으로 향했다. 그녀는 뒤따라가며 자그마한 신문지 봉투에서 연신 파코라를 꺼내 먹었다. 하지만 그에게는 단 한 개도 권하지 않았다.

무함마드 알리가 흙바닥에 방석을 놓으며 말했다. "앉아요." 레하나 양은 시키는 대로 했다. 그가 책상 맞은편에 책상다리를 하고 앉자 이삼십 명의 사내들이 부러운 듯 그를 주시했고, 판자촌의 모든 남자들이 백발의 늙은 사기꾼에게 갓 사로잡힌 젊은 미녀를 향해 추파를 던졌다. 무함마드 알리는 마음을 가라앉히려고 숨을 깊이 들이마셨다.

"저기, 이름이?"

"레하나예요. 런던 브래드퍼드에 사는 무스타파 다르의 약혼녀죠." 그녀가 말했다.

"영국 브래드퍼드." 그가 친절하게 정정해주었다. "런던은 물탄이나 바하왈푸르처럼 그냥 도시요. 영국은 엄청난 나라인데, 세상에서 가장 도도한 인간들로 가득하다오."

"그렇군요. 고맙습니다." 그녀가 진지하게 대답하자 그는 어쩐지 놀림을 당하는 기분이 들었다.

"신청서는 작성했소? 그렇다면 좀 보여주시오."

레하나 양은 깔끔하게 접힌 서류가 들어 있는 갈색 봉투를 그에게 건넸다.

"괜찮은가요?" 그녀의 목소리에서 처음으로 염려의 기색이 묻어났다.

그가 책상에 놓여 있는 레하나 양의 손 근처를 톡톡 두드렸다.
"확실히 그런 것 같기는 한데, 확인해볼 테니 기다려요."

그가 신청서를 훑어보는 동안 그녀는 파코라를 다 먹어치웠다.

"최고요. 모든 게 제대로구려." 한참 만에 그가 단언했다.

"충고 고맙습니다. 이제 정문 쪽으로 가서 기다려야겠어요." 그녀가 일어서려고 하며 말했다.

"무슨 생각을 하는 거요?" 무함마드 알리가 큰 소리로 외치며 제 이마를 쳤다. "이 일이 만만해 보이시오? 신청서를 제출하기만 하면, 짠, 그자들이 벙긋 웃으며 허가증을 넘겨줄 것 같소? 레하나 양, 정말이지 당신은 경찰서보다 더 지독한 곳에 들어가려고 하는 거요."

"그런가요, 진짜?" 그의 과장된 언사가 효과를 발휘했다. 이제 레하나 양은 꼼짝없이 붙들린 청중이었고, 그는 조금 더 그녀를 살필 수 있게 되었다.

무함마드 알리는 다시 한번 심호흡을 하고서, 준비된 대사를 읊기 시작했다. 그의 말에 따르면 사히브들은, 화요일에 찾아와서 자신이 루턴*에 사는 버스 운전사나 맨체스터에 사는 공인회계사의 식솔이라고 주장하는 여자들을 모두 사기꾼에 거짓말쟁이에 협잡꾼이라고 생각한다는 것이다.

그의 말에 레하나 양이 항변했다. "그렇다면 저는 그냥 그분들한테, 적어도 저는 결코 그런 사람이 아니라고 말하겠어요!"

무함마드 알리는 이 순진한 아가씨가 걱정스러워 몸서리가 났다. 그래서 그녀가 참새라면 그자들은 게슴츠레한 눈을 한 매 같은 사내들이라고 말해주었다. 또한 그자들이 그녀에게 질문을, 그것도 사적인 질문을, 친오빠조차 낯부끄러워서 묻지 못할 그런 질문을 하게 될 것이라고 설명했다. 가령 그녀가 숫처녀인지, 아니라면 사랑을 나눌 때 약혼자에게는 어떤 습관이 있는지, 서로를 부르는 둘만의 비밀스러운 애칭은 무엇인지 등을 물어볼 거라고.

무함마드 알리는 그런 일이 실제로 일어났을 때 이 아가씨가 받을지도 모를 충격을 덜어주고자 일부러 과격하게 이야기했다. 그녀의 눈빛은 흔들림이 없었으나, 그녀의 손이 책상 가장자리에서 파들대기 시작했다.

무함마드 알리가 계속해서 말했다.

"그자들은 처자의 집에 방이 몇 개인지, 벽은 어떤 색깔인지, 쓰레기는 무슨 요일에 내다 버리는지도 물어볼 거요. 게다가 처자의 시어머니의 팔촌의 고모의 의붓딸의 가운데 이름까지 물어볼 거요. 그리고 브래드퍼드에 있는 그대의 무스타파 다르에게도 벌써

* 영국 베드퍼드셔 주의 도시.

그런 질문들을 죄다 하고도 남았을 거요. 그러니 만에 하나라도 실수를 저지르면 처자는 끝장이오."

"그렇군요." 레하나 양은 이렇게 대답하며 목소리를 가다듬었다. "그렇다면 어떤 충고를 해주시겠어요, 영감님?"

대개의 경우, 바로 이 시점에 무함마드 알리는 다급하게 목소리를 낮추며, 자신이 영사관 직원을 한 명 아는데 그 남자는 아주 좋은 사람이며, 사례금을 주면 그 사람을 통해서 필요한 서류를 모두 올바르게 날인된 상태로 전달받을 수 있다고 언급했다. 사업은 짭짤했는데, 여자들이 종종 수고비로 그에게 오백 루피를 내주거나 금팔찌를 건네고는 만족스럽게 떠났기 때문이다.

여자들은 수백 마일 떨어진 곳에서 오는 까닭에—그는 통상 사기를 치기 전에 이 점을 확인했다—속았다는 사실을 깨닫고도 되돌아오기가 어려웠다. 그들은 사르고다나 라루켓*으로 돌아가서 짐을 싸기 시작할 테고, 언젠가는 자신들이 농간에 넘어갔다는 사실을 알아차리겠지만, 여하튼 그때는 너무 늦고 만다.

삶은 고되고, 늙은이는 재주껏 살아가야 한다. 이런 화요일의 여자들을 측은해하는 것은 무함마드 알리의 몫이 아니었다.

하지만 다시금 목소리가 제멋대로 흘러나오더니, 습관적인 대사를 읊는 대신에 특급 비밀을 털어놓기 시작했다.

* 사르고다와 라루켓은 각각 파키스탄 북동부와 남부에 있는 고장.

"레하나 양." 목소리가 말했고, 그는 놀라서 자신의 목소리에 귀를 기울였다. "처자는 보기 드문 사람이고 보석 같은 존재이니, 내가 친딸을 위해서도 하지 않을 일을 처자를 위해서 하려고 하오. 처자의 근심을 단번에 모두 해결해줄 서류 하나가 내 수중에 있다오."

"그 마법사의 서류가 대체 뭔가요?" 이제 그녀의 눈은 명백히 그를 비웃고 있었다.

그의 목소리가 낮아질 대로 낮아졌다.

"레하나 양, 그건 영국 여권이요. 완전히 진짜 진품이라오. 내 친한 친구가 거기에 처자의 이름과 사진을 넣어줄 거요. 그러면 짜잔, 처자는 영국에 가는 거요!"

결국 그 말을 하고야 말았다!

그가 제정신을 놓아버린 오늘, 이제 무슨 일이라도 가능했다. 어쩌면 그는 여권을 거저 내주고서 앞으로 일 년 동안 스스로를 책망할지도 모른다.

멍청한 영감탱이, 가장 늙은 바보가 가장 어린 아가씨한테 홀린다더니. 그는 자신을 질책했다.

"이해가 잘 안 되는데, 저한테 범죄를 저지르라고 제안하시는 건가요?" 레하나 양이 물었다.

"범죄가 아니라 간이화요." 그가 끼어들었다.

"그러니까 불법적으로 런던 브래드퍼드에 가서, 우리 모두를 깎아내리는 영사관 사히브들의 평가가 타당하다는 걸 입증하라는 말이군요. 바부지*, 이건 좋은 충고가 아니에요."

"영국 브래드퍼드요." 그가 애처롭게 정정했다. "그런 마음으로는 내 선물을 받을 수 없소."

"그러니 어쩌죠?"

"비비**, 나는 가난한 사람이오만 처자의 아름다움에 이끌려 이 귀중한 걸 기꺼이 내놓았소. 내 선심에 침을 뱉지는 마시오. 어서 받아요. 아니면 그냥 집으로 돌아가 영국은 잊어버리든가. 저 건물로 들어가서 품위를 잃는 일만은 하지 말아요."

하지만 그녀는 자리에서 일어서더니 그를 외면하고 정문 쪽으로 걸어갔다. 이미 그곳에서는 여자들이 떼를 지어 모이기 시작했고, 랄라가 여자들에게 얌전하게 굴지 않으면 누구도 들여보내지 않겠다고 으름장을 놓고 있었다.

"그렇다면 바보가 되시구려." 무함마드 알리가 레하나 양을 향해 소리쳤다. "처자가 그렇게 한들, 내 아버지 재산에 무슨 일이야 생기겠소?"(그게 본인과 무슨 상관이냐는 뜻이었다.)

그녀는 돌아보지 않았다.

"그게 바로 우리 민족의 병폐요. 우리는 가난하고, 우리는 무식하고, 게다가 우리는 배움을 철저히 거부하지." 그가 소리를 질렀다.

"이봐요, 무함마드 알리." 건너편에서 빈랑 열매***를 파는 노점상

* '바부'는 인도나 파키스탄에서 남자 어른에게 쓰는 경칭. '지'는 성별에 관계없이 상대를 높여 이르는 말.

** 인도나 파키스탄에서 여성을 친근하게 부를 때 쓰는 말.

*** 씹어서 즙을 삼키면 각성 효과를 얻을 수 있는 남아시아의 기호품.

아낙이 외쳤다. "안됐지만 저 아가씨는 젊은 사람을 좋아한다고요."

그날 무함마드 알리는 아무 일도 하지 않고 영사관 정문 근처를 서성댔다. 그러면서 몇 번이고 자신을 꾸짖었다. 딴 데로 가버려, 이 늙은 멍텅구리야. 그 처자는 이제 네놈이랑 이야기를 나누고 싶어하지 않는다고. 하지만 레하나 양이 밖으로 나와보니, 그가 자신을 기다리고 있었다.

"살람*, 조언 왈라** 영감님." 그녀가 인사를 건넸다.

그녀는 차분해 보였고 다시금 우호적인 태도로 그를 대하는 듯했다. 그래서 그는 생각했다. 세상에, 오 알라여, 결국 이 처자가 해냈구먼. 영국 사히브들도 저 눈에 빠진 게지. 이 처자가 영국으로 가는 허가증을 얻어냈구먼.

그는 기대에 차서 그녀를 향해 웃어 보였다. 그녀도 아무런 거리낌없이 함께 웃었다.

"레하나 베굼***. 경축하오, 처자. 그대의 명백한 승리를." 무함마드 알리가 말했다.

느닷없이 그녀가 그의 팔뚝을 잡았다.

"가시죠. 영감님의 충고에 감사도 드리고 제 무례함에 대해 사과도 드릴 겸 파코라를 대접할게요."

---

* '평화가 함께하기를.' 무슬림 사회에서 흔히 쓰는 인사말.

** 인도나 파키스탄에서 '전문가' '종사자'를 뜻하는 말.

*** 인도나 파키스탄에서 무슬림 여성에게 쓰는 경칭.

두 사람은 흙먼지를 맞으며 오후의 구내에 서 있었고, 근처에서는 버스가 떠날 채비를 했다. 막노동꾼들이 지붕에 침낭을 묶었다. 행상꾼 하나가 불행을 치유해준다는 연애소설과 초록 물약을 팔아보려고 승객들을 향해 소리를 질렀다. 레하나 양과 행복한 무함마드 알리는 버스의 앞쪽 흙받기, 그러니까 범퍼에 기대앉아서 파코라를 먹었다. 늙은 조언 전문가가 어느 영화음악의 선율을 가만히 흥얼대기 시작했다. 한낮의 열기는 이미 사그라졌다.

"중매로 혼약이 맺어졌지요." 문득 레하나 양이 이야기를 시작했다. "제가 아홉 살 때 부모님이 그렇게 결정하셨어요. 무스타파 다르는 당시에 이미 서른 살이었지만, 아버지는 당신처럼 저를 돌봐줄 수 있는 사람을 원하셨고, 무스타파를 믿음직한 사람이라고 판단하셨어요. 그후에 부모님은 돌아가셨고 무스타파 다르는 영국으로 가면서 저를 불러들이겠다고 말했어요. 벌써 오래전 일이에요. 그 사람 사진을 가지고는 있지만, 저한테는 생판 남 같아요. 저는 전화로 그 사람 목소리도 알아듣지 못하는걸요."

뜻밖의 고백에 무함마드 알리는 깜짝 놀랐지만, 다 알겠다는 듯 고개를 끄덕였다.

"결국 부모란 존재는 자식에게 가장 득이 되는 쪽으로 행동하는 법이오. 두 분이 처자에게 훌륭하고 정직한 남자를 찾아주셨구려. 그 사람이 약속을 지키려고 처자를 불러들였으니 말이오. 그리고 이제 처자는 평생 그 남자를 알아가고 사랑할 수 있게 되었구먼."

그가 말했다.

바로 그때, 무함마드 알리는 그녀의 미소에 깃든 씁쓸함을 발견하고 당황했다.

"하지만 영감님, 벌써부터 저를 포장해서 영국으로 보내버리시면 어떻게 해요?" 그녀가 물었다.

그는 얼떨결에 자리에서 일어섰다.

"처자가 행복해 보이기에 그렇게 지레짐작했는데…… 실례했구려. 그런데 그자들한테 퇴짜를 맞은 거요, 뭐요?"

"질문을 받는 족족 실수를 저질렀어요. 무스타파의 점을 엉뚱한 뺨에 표시하지를 않나, 욕실 장식을 아예 새로 꾸며서 말하지를 않나, 정말 완전히 엉망진창이었답니다. 아시겠죠." 그녀가 대답했다.

"그러면 이제 어쩔 셈이오? 처자는 어찌되는 거요?"

"이제 라호르에 있는 일터로 돌아가야죠. 저는 어느 저택에서 아야*로 일하면서 착한 사내아이 셋을 보살피고 있답니다. 제가 떠났다면 그 아이들이 슬퍼했을 거예요."

"하지만 이건 비극이오!" 무함마드 알리가 탄식했다. "아, 내 제안을 받아들였다면 얼마나 좋았을꼬! 하지만 유감스럽게도 이제 다 틀렸소. 처자의 신청서가 그자들의 서류철에 보관되어 있으니

---

* 인도나 파키스탄에서 '유모'라는 뜻.

언제든 대조 확인이 가능할 테고, 이제는 여권으로도 부족할 거요. 망했소, 다 망했소. 충고를 제때에 받아들였다면 일이 아주 쉬웠을 텐데."

"그런데 정말이지, 애석해하실 필요 없어요." 그녀가 말했다.

무함마드 알리는 구내에 서서 먼지구름 속으로 사라져가는 버스를 지켜보았다. 레하나 양의 마지막 미소는, 지루하고 치열하고 고단하고 불친절한 삶에서 그가 목격한 가장 행복한 표정이었다.

공짜
라디오

THE FREE RADIO

우리 모두는 도둑의 과부가 녀석의 살 속에 발톱을 박고 있는 한 녀석에게 좋은 일이 생길 턱이 없다는 사실을 알았지만, 녀석은 머저리에 진짜 얼간망둥이여서, 그런 인간을 가르칠 방법은 없었다.

녀석은 풍족한 삶을 살 수도 있었을 게다. 신은 녀석에게 신의 외모를 베푸셨고, 녀석의 부친은 녀석을 위해 이미 무덤에 들었을 뿐 아니라 비닐 시트커버가 깔린 일등급 신상품 릭샤까지 남기지 않았던가? 그러니 녀석의 외모에 녀석의 직업을 가졌다면, 때맞춰 선량한 아내를 얻고 몇 년을 들여 루피깨나 저축했어야 옳다. 하나, 그렇지가 않았다. 녀석은 턱에 수염이 나기도 전에, 시쳇말로 젖니가 빠지기도 전에, 도둑의 과부에게 홀딱 반해버렸다.

우리는 녀석을 안타까워했지만, 요즘 누가 노인의 지혜에 귀를 기울인단 말인가?

에, 귀기울이는 사람이 있기나 할까?

아무렴, 없고말고. 하물며 릭샤꾼 라마니 같은 돌대가리야 말해 무엇하랴. 하지만 나는 그 과부를 탓하련다. 나는 사건의 발단을 지켜보았다. 그러니까 더는 참을 수 없는 지경에 이를 때까지 거의 다 지켜보았다. 나는 바로 이 바니안나무 아래에 앉아서 지금 이것과 똑같은 수연통으로 물담배를 피우고 있었고, 당시에 내 눈길을 피할 수 있는 건 별로 없었다.

일찍이 내가 녀석을 악운으로부터 구하고자 애써보기도 했지만, 소용없었다……

과부는 부인할 수 없을 만큼 확실히 매력적이었고, 뭐랄까 정말 지독히도 괜찮았지만, 정신 상태가 썩어빠졌다. 과부는 라마니보다 열 살은 많았고 산 자식 다섯에 죽은 자식 둘을 두었는데, 그 도둑 남편이 훔치고 애 만드는 일 말고 무슨 짓을 하고 돌아다녔는지는 모르겠으나, 그 작자는 과부한테 땡전 한 닢 남기지 않았다. 물론, 그래서 과부가 라마니에게 흥미를 보였을 게다. 릭샤꾼이 이 마을에서 큰돈을 버는 건 아니지만, 자고로 바람만 마시느니 두어 술이라도 음식을 먹는 편이 나을 테니까. 게다가 밥버러지 과부를 두 번 보려는 사람도 별로 없었을 테고.

두 사람은 바로 여기에서 만났다.

어느 날 라마니는 손님도 없이 빈 릭샤를 끌고 마을로 들어오면서도, 늘 그렇듯, 팁으로 십 루피짜리 동전이라도 받은 사람처럼 벙글대며 라디오에서 흘러나오는 노래를 따라 불렀다. 머리는 기름을 발라 넘겨 새신랑 같았다. 녀석도 영 바보는 아닌지라, 아가씨들이 줄곧 저를 어떤 눈길로 바라보는지, 제 늘씬한 근육질 다리를 두고 어떤 말들을 하는지 알고 있었다.

도둑의 과부는 콩을 세 가지 정도 사려고 가게에 들른 참이었다. 그 돈이 어디에서 났는지 내 입으로 말할 수는 없지만, 사람들이 밤에 과부의 허물어져가는 판잣집 근처에서 가게 주인을 포함해 사내 여럿을 보았다고들 하던데, 어쨌든 나는 개인적인 견해를 밝히지 않을 생각이다.

당시에 과부는 제 애새끼 다섯과 함께 이곳에 있다가, 선풍기처럼 시원스레 외쳤다. "이봐요, 릭샤아아!" 그러니까 진짜 천박한 여자처럼 야단스럽게 말이다. 누가 관심이나 있을까봐, 과부는 자기도 릭샤를 탈 여유가 있다는 걸 과시했다. 요금을 지불하려면 자식들을 굶겨야 할 테지만, 내 생각에 그건 과부 자신을 위한 투자였다. 분명히 과부는 라마니에게 갈고리를 박기로 진작부터 결심했을 테니까. 그리하여 여섯 식구가 모두 릭샤로 쏟아져들어갔고, 라마니는 과부를 태우고 출발했다. 과부에 다섯 아이까지 더해져서 무게가 상당했던 터라, 라마니는 거칠게 숨을 몰아쉬었고, 녀석의 다리에 핏줄이 도드라졌다. 나는 속으로 생각했다. 조심해라, 이놈아, 그러지 않으면 평생 그 짐짝을 끌어야 할 게야.

하지만 그후로 라마니와 도둑의 과부는 뻔뻔스럽게도 공공장소 여기저기에서 눈에 띄었고, 나는 녀석의 모친이 죽어서 다행이다 싶었다. 그네가 살아서 이 모습을 봤다면 수치심으로 고개를 들지 못했을 테니까.

당시 라마니는 저녁이면 가끔 이 거리에 들러서 친구 몇몇과 어울렸는데, 그놈들은 이란 사람이 운영하는 식당의 뒷방으로 밀주를 마시러 다니면서 스스로를 매우 멋지다고 생각했다.* 물론 그건 대단한 비밀도 아니었지만, 여하튼 젊은이들이 제 인생을 망치려 든다면 그건 일가친척들이 걱정할 문제지, 다른 누가 무얼 어쩌겠는가.

나는 라마니가 이런 나쁜 패와 어울리는 모습을 보니 안타까운 마음이 들었다. 녀석의 양친은 생전에 나와 아는 사이였다. 하지만 내가 라마니에게 그 거들먹대는 놈들하고 어울리지 말라고 충고하자, 녀석은 양처럼 싱글대며, 내가 생각하는 것처럼 그렇게 나쁜 일은 일어나지 않는다고 말했다.

그쯤 해두자싶었다.

나는 그 떼거리를 알았다. 놈들은 모두 새 '청년 운동'의 완장을 차고 다녔다. 그때는 국가 비상사태**였던데다, 놈들이 평화적인 인간들도 아니었고 뭇매질에 관한 이야기도 나돌았기에, 나는 나무 아래에 조용히 앉아 있었다. 라마니는 완장을 차지는 않았지만 놈들과 어울려다녔는데, 놈들이 이 바보 녀석을 꼬드겼기 때문이었다.

---

* 인도는 1947년 독립 후 헌법에 금주 조항을 포함시켰고 1975년 10월부터 더 적극적인 금주 조치를 단행했다.

** 1975년 6월 당시 인도 총리 인디라 간디는 정권 유지를 위해 국가 비상사태를 선포했고, 그에 따라 정치적 반대자들을 구속하고 언론을 검열하는 등 시민적 자유를 크게 제한했다.

이 완장 패거리는 라마니에게 항상 알랑거렸다. 놈들은 녀석에게 이렇게 말했다. "이 기막히게 잘생긴 친구야, 자네에 비하면 영화배우 샤시 카푸르랑 아미타브의 얼굴은 얼굴도 아니야. 자네는 봄베이*로 가서 영화에 출연해야 해."

놈들은 황홀한 말로 녀석에게 따리를 붙였는데, 녀석이 놈들보다 부자는 아니었지만, 놈들은 그렇게 하면 카드놀이에서 녀석에게 돈을 딸 수도, 녀석에게 술을 얻어먹을 수도 있다는 사실을 알았다. 그리하여 어느새 라마니의 머릿속은 영화에 대한 망상으로 가득찼다. 그건 원래 녀석의 머리가 텅텅 비어 있었기 때문이기도 하지만, 다른 한편으론 과부의 탓이기도 하다. 그 여자는 나이를 더 먹었으니 분별력도 더 많아야 했다. 과부는 순식간에 녀석으로 하여금 영화에 대한 생각을 깡그리 잊게 만들 수도 있었으련만 그렇게 하지 않았을뿐더러, 어느 날엔가는 모두에게 들리도록 녀석에게 이렇게 말하기까지 했다. "자기는 온몸이 파랗지 않다는 점만 빼면 정말로 크리슈나 신하고 똑같이 생겼어." 길거리에서! 둘이 뜨게부부라는 사실을 모두에게 떠벌리려고! 그날부터 줄곧 나는 어떤 재앙이 들이닥치리라 확신했다.

다음번에 도둑의 과부가 가게에 가기 위해 이 거리에 다시 모습을 드러냈을 때, 나는 조치를 취하기로 결심했다. 나를 위해서가

---

* 인도 마하슈트라 주의 도시 뭄바이의 옛 이름.

아니라 녀석의 죽은 양친을 위해 창피함을 무릅쓰고 그…… 아니, 과부의 이름은 입에 올리지 말아야겠다. 그 여자는 지금은 어딘가 다른 곳에 있는데, 이 이야기를 통해서 사람들이 그 여자의 됨됨이를 알게 될 테니까.

"도둑네 과부!" 내가 불렀다.

과부가 우뚝 멈춰 서더니, 내가 저를 채찍으로 후려치기라도 한 양 험악하게 얼굴을 홱 돌렸다.

"이리 와서 얘기 좀 함세." 내가 말했다.

과부로서는 거절할 도리가 없었는데, 내가 마을의 유지이기도 했고, 사람들이 우리 둘이서 이야기 나누는 모습을 본다면 지나칠 때마다 더는 저를 무시하지 못하리라는 계산속도 있었을 게다. 그리하여 과부는 예상대로 나에게 다가왔다.

"이것만 이야기함세." 나는 과부에게 위엄 있게 말했다. "릭샤꾼 라마니는 내가 아끼는 아이일세. 그러니 자네는 동년배 사내를 찾든지, 아니면 차라리 베나레스에 있는 과부들의 아슈람*으로 가서 경건한 기도라도 올리며, 과부 화형 풍습이 이제는 불법이 되었다는 사실을 신께 감사하면서 여생을 보내게."

그러자 과부는 소리를 지르고 욕을 하고, 나한테 진작에 뒈졌어야 할 악독한 늙은이라고 악담을 하며 한참 망신을 주다가, 이렇게 말했다. "있잖아요, 퇴물 선생 사히브, 댁의 라마니가 나한테 청혼을 했는데 내가 거절했다고요. 나는 이제 아이를 원치 않는데 그이

---

* 힌두교도들이 머물며 수행하는 곳.

는 젊은 사내인지라 자기 아이를 가져야 하니까요. 그러니 온 세상에 그 사실이나 말하시죠. 코브라 독 같은 소릴랑 고만두고."

그후로 한동안 나는 라마니와 과부의 연애질을 짐짓 못 본 체했는데, 나로서는 할 수 있는 일을 다 했을뿐더러 마을에는 그것 말고도 나 같은 사람의 흥미를 끄는 일이 많았기 때문이었다. 예컨대, 지방 보건소 직원이 흰색 대형 트레일러를 이 거리로 끌고 와서, 통행에 방해가 되지 않도록 그걸 바니안나무 아래에 세워두어도 좋다는 허가를 받았다. 그리고 밤마다 남자들이 잠깐씩 그 차로 끌려들어가서, 일을 당했다.*

그 무렵 나는 그 근처에 있기를 꺼렸는데, 완장 찬 젊은이들이 항상 나와 있었기 때문이다. 그래서 나는 수연통을 들고 다른 곳으로 가서 앉았다. 트레일러에서 일어나는 일에 대해 소문을 듣기는 했지만 귀를 닫아버렸다.

하지만 트레일러가 에테르 냄새를 풍기며 마을에 머무는 동안 과부의 사악함이 본색을 드러냈다. 그리고 그즈음 라마니는 뜬금없이 새로운 백일몽에 대해 지껄이기 시작했는데, 자기가 이제 곧 델리의 중앙정부로부터 제 이름이 새겨진 아주 특별한 선물을 받게 될 터이고, 그 선물은 건전지로 작동하는 최고급 신식 트랜지스터라디오라고 떠들고 다녔다.

* 비상사태 기간에 인도 정부는 대대적으로 인구 억제 정책을 폈는데, 각 주에 할당량을 부과해 불임수술을 강제했다.

자, 그런데 우리는 유명 영화배우가 되겠다는 망상을 비롯해서 이래저래 늘 라마니를 조금 모자란 놈이라고 여겼다. 그래서 우리 대부분은 참을성 있게 그저 고개를 끄덕이며 "그래, 람, 그것 참 잘됐구나"라거나 "대중음악을 몹시 좋아하는 사람들에게 라디오를 나누어주다니, 참으로 훌륭하고 너그러운 정부로구나"라고 말했다.

하지만 라마니는 제 말이 진짜라고 우겼고, 생의 어느 때보다 행복해 보였다. 트랜지스터가 곧 도착한다는 상상만으로 그토록 행복해하다니 뭔가 석연치 않았다.

라마니는 상상의 라디오에 대해 떠들기 시작하더니, 이내 도둑의 과부와 혼인을 했고, 그제야 나는 모든 상황을 이해했다. 나는 혼례식에 참석하지 않았는데, 듣자 하니 식이 형편없었다고 한다. 여하튼 그로부터 얼마 지나지 않은 어느 날, 람이 빈 릭샤를 끌고 바니안나무를 지나갈 때 내가 말을 걸었다.

녀석이 곁에 와서 앉았고, 내가 추궁했다. "얘야, 트레일러에 갔었느냐? 왜 그 사람들이 너한테 그러도록 내버려두었더냐?"

"걱정 마세요. 만사가 엄청 끝내줘요. 저는 사랑에 빠졌고, 선생 사히브, 제 여자와 결혼도 할 수 있게 되었죠." 녀석이 대답했다.

고백하건대, 나는 화가 났다. 사실, 트레일러에 끌려갔던 사내들이 강요받았던 굴욕을 라마니가 자발적으로 받아들였다는 사실을 깨닫고서 거의 울 뻔했다. 나는 녀석을 심하게 꾸짖었다. "이 멍청한 자식아, 너는 그 여자가 너한테서 사내다움을 앗아가도록 내버려두었구나!"

"그렇게 나쁘지는 않더라고요." 람이 나스반디*를 두고 말했다. "저기요, 그게 밤일이나 뭐 그런 걸 막는 건 아니에요, 선생 사히브. 그냥 아기만 막아주거든요. 제 안사람이 더는 아이를 원치 않으니까, 이제 만사가 완전히 좋아요. 게다가 그건 국가적으로도 이익이잖아요." 람이 그 점을 지적했다. "그리고 곧 공짜 라디오가 도착할 거예요."

"공짜 라디오라." 내가 반복했다.

"네, 선생 사히브, 몇 해 전에, 그러니까 제가 어렸을 때 양복장이 락스만 아저씨가 이 수술을 받았던 거 기억나시죠. 금세 라디오가 도착했고 온 마을 사람들이 라디오를 들으려고 모여들었잖아요. 그게 바로 정부가 감사를 표시하는 방식이라고요. 라디오를 갖게 되면 정말 좋을 거예요." 람이 털어놓았다.

"가라, 저리 가거라." 나는 절망에 빠져 소리쳤다. 하지만 이 나라 사람 모두가 이미 알고 있는 사실을, 공짜 라디오 정책은 오래전에 끝난, 오래전에 기억에서 사라진 실패작이라는 사실을 녀석에게 말해줄 용기가 나지 않았다. 그 시책은 수년 전에 끝났다. 푼투시**!

---

* 인도에서 '정관수술'이라는 뜻.

** 인도에서 '끝났다'라는 뜻.

이런 일들이 있은 후, 이제 람의 아내가 된 도둑의 과부는 읍내에 그다지 자주 나오지 않았는데, 분명 제가 녀석에게 사주한 일을 몹시 부끄럽게 여겼기 때문일 게다. 하지만 라마니는 전보다 더 오래 일했다. 녀석은 수십 명에게 라디오에 대해 떠벌렸던 모양인데, 그중 누구라도 마주치게 되면, 그 빌어먹을 기계가 이미 손안에 있는 듯 한 손을 귀에 가져다 대고서 그럭저럭 실감나게 방송을 흉내냈다.

"예 아카슈바니 해."* 녀석은 거리에 대고 방송을 진행했다. "여기는 올 인디아 라디오입니다. 뉴스를 전해드리겠습니다. 릭샤꾼 라마니의 라디오가 현재 배송중이며 곧 배달될 예정이라고, 금일 정부 대변인이 밝혔습니다. 자 이제 영화음악 몇 곡 들어보시죠." 그런 다음, 녀석은 아샤 보슬레나 마타 망게슈카르의 노래를 날카롭고 우스꽝스러운 가성으로 불러젖혔다.

유별나게도 람은 자기의 백일몽을 언제나 절대적으로 신뢰했고, 결국 우리는 가상의 라디오에 대한 녀석의 신념에 현혹되다시피 하여, 라디오가 실제로 배송되고 있다고 믿거나, 람이 릭샤를 끌고 읍내 거리를 돌아다니는 동안 귀를 감싸쥔 녀석의 손안에 이미 라디오가 있을지도 모른다고까지 생각하게 되었다. 그리고 우리는 라마니가 길모퉁이나 길 저편에서 종을 울리며 기운차게 외치는 소리를 기다리기 시작했다.

* '여기는 천상의 소리입니다'라는 뜻. '천상의 소리'는 인도 국영 라디오방송 '올 인디아 라디오'의 별칭.

"올 인디아 라디오! 여기는 올 인디아 라디오입니다!"

시간이 흘렀다. 람은 줄곧 투명 라디오를 들고 읍내를 돌아다녔다. 일 년이 지났다. 라디오방송을 흉내내는 녀석의 목소리가 여전히 거리의 대기를 가득 메웠다. 하지만 그즈음 녀석의 얼굴에는 새로운 표정, 그러니까 마치 비상한 노력을 기울이는 듯한 지친 표정이 나타났는데, 녀석은 릭샤를 몰 때보다 훨씬 피곤해 보였고, 심지어는 도둑의 과부와 살아 있는 다섯 아이 그리고 죽은 두 아이의 유령을 싣고 릭샤를 끌 때보다도 피곤해 보였다. 녀석은 젊은 육신에 존재하는 힘을 모조리 귀와 손 사이의 허구적 공간에 쏟아부으며, 강하고 어쩌면 치명적일지 모르는 의지력으로 그 라디오를 현실로 불러내려 애쓰는 듯했다.

정말이지 나는 극도의 무력감을 느꼈다. 내 추측에, 람은 제가 저지른 짓에 대한 염려와 후회를 라디오라는 환상 속으로 전부 들이붓고 있었다. 따라서 그 백일몽이 사라지면 녀석은 제가 제 몸에 저지른 범죄의 심각성에 고스란히 직면하게 될 테고, 도둑의 과부가 혼인 전에 녀석을 멍청하고 형편없는 도둑으로 바꾸어놓았다는 사실을 깨닫게 될 것이었다. 결국 그 여자는 녀석에게 제 자신을 도둑질하도록 만든 셈이었다.

그후 하얀 트레일러가 바니안나무 아래로 돌아왔고, 이제는 어찌해볼 도리가 없었다. 틀림없이 람이 선물을 받으러 올 것이었다.

람은 첫째 날에도 그리고 둘째 날에도 오지 않았는데, 나중에 알게 된바 녀석은 탐욕스러워 보이고 싶지 않았다고 한다. 녀석은 보건소 직원이 저를 라디오에 환장한 사람으로 생각하지 않기를 바랐다. 게다가 녀석은 사람들이 집으로 찾아와서 조촐하지만 정중한 증정식과 함께 라디오를 전달해주기를 어느 정도 기대하고 있었다. 바보는 바보일 뿐이고 바보의 생각을 말로 설명할 방법은 없다.

셋째 날 녀석이 왔다. 녀석은 종을 울리고 일기예보를 흉내내며 평소처럼 귀를 감싸쥐고서 트레일러에 도착했다. 릭샤에는 도둑의 과부가 앉아 있었는데, 그 마녀는 끝끝내 참지 못하고 배우자의 파멸을 지켜보기 위해 동행했다.

그리 오래 걸리지는 않았다.

나는 분란을 피하고자 현장을 떠났는데, 후에 들은 이야기에 따르면 람은 사람들의 분노로부터 트레일러를 지키던 완장 찬 떼거리에게 손을 흔들며 명랑하게 안으로 들어갔는데, 머리에는 정성껏 기름을 발랐고 새로 풀을 먹인 옷을 입고 있었다고 한다. 도둑의 과부는 릭샤에 그대로 앉아서, 검은 사리를 끌어당겨 머리를 덮은 채 제 아이들을 무슨 지푸라기처럼 꽉 움켜잡고 있었다고 한다.

잠시 후에 트레일러 안에서 다투는 기척이 나더니 소리가 점점 커졌고, 결국 완장 찬 젊은이들이 무슨 일인지 알아보려고 안으로 들어갔다. 곧바로 람이 술친구들에게 팔을 붙들려 끌려나왔는데, 머릿기름이 얼굴까지 번지고 입에서 피가 흘렀다. 녀석의 손은 이제 귀를 감싸쥐지 않았다.

그리고 도둑의 검은 과부*는 사람들이 제 남편을 땅에 내동댕이

치는데도 여전히 릭샤에 그대로 앉아 있었다고 한다.

그래, 나도 안다. 나는 노인네고 내 사고방식은 세월로 인해 주름졌으며, 요즘에 사람들이 나한테 불임수술에 대해 일러주는데 나는 그 필요성을 당최 모르겠고, 그래서 내가 과부를 탓하는 게 잘못일 수도 있지만, 그게 뭐 어떻다고? 이제 노인들의 견해는 죄다 무시되는지도 모르겠으나 만약 그렇다면, 그냥 내버려둬라. 하지만 나는 이 이야기를 좀더 해야겠다.

트레일러 사건이 있고서 며칠 뒤에 나는 라마니가 자전거포를 운영하는 늙다리 무슬림 사기꾼에게 릭샤를 파는 모습을 목격했다. 람은 내가 지켜보는 것을 알아채고서 나에게 와서 말했다. "안녕히 계세요, 선생 사히브, 저는 봄베이로 떠나요. 그곳에서 샤시 카푸르나 아미타브 바찬보다 더 유명한 영화배우가 될 거예요."

"'저는 떠나요'라고 했느냐? 그럼 너 혼자 가는 것이렷다?" 내가 물었다.

녀석의 태도가 딱딱해졌다. 도둑의 과부가 이미 녀석한테 노인들 앞에서 겸손 떨 필요 없다고 가르친 모양이었다.

"안사람하고 아이들도 같이 가요." 람이 말했다. 그것이 우리가 나눈 마지막 대화였다. 람의 가족은 그날 하행 열차를 타고 떠났다.

---

* black widow. 검은과부거미를 뜻하기도 하는데 이 거미는 교미 후 암컷이 수컷을 잡아먹는다.

몇 달이 지난 뒤에 나는 녀석에게서 첫번째 편지를 받았는데, 물론 녀석이 직접 쓰지는 않았다. 내가 오래전에 혼신의 노력을 기울였음에도 녀석은 글쓰는 법을 도통 깨치지 못했다. 틀림없이 녀석은 대필업자를 고용하느라 루피깨나 지불했을 게다. 세상만사가 돈을 요구하고, 봄베이에서는 돈이 갑절로 드니까. 녀석이 왜 나한테 편지를 썼는지 나한테 묻지 마라. 여하튼 녀석은 그렇게 했다. 나는 그 편지들을 보관하고 있으니 확증을 제시할 수도 있다. 뭐, 아직까지는 늙은이들이 다소 쓸모가 있기 때문인지도 모르고, 아니면 제 소식을 궁금해할 사람이 나밖에 없다는 사실을 녀석이 알고 있었기 때문인지도 모른다.

좌우지간, 편지에는 녀석의 새로운 직업에 대한 이야기가 가득했고, 녀석이 어떻게 해서 즉시 발탁될 수 있었는지도 적혀 있었는데, 녀석은 대형 영화사에서 연기 시험을 보았고, 지금은 스타가 되기 위해 훈련중이며, 주후 해변*의 선앤샌드 호텔에서 일류 여배우들과 하루하루를 보내고 있고, 팔리 힐**에 위치한 난평면*** 저택을 구입할 예정인데 영화 팬들을 막기 위해 그 집에 최신 보안 장비를 설치할 생각이며, 도둑의 과부는 행복하게 잘 지내는 덕에 점점 뚱뚱해져가고, 인생이 빛과 성공 그리고 제한 없이 즐기는 술로 충만하다고 했다.

---

* 봄베이 교외의 휴양지.

** 봄베이 교외의 부촌. 영화배우들이 많이 산다.

*** 일층과 이층 옆에 중간층을 배치하는 설계 방식. 주로 고급 주택에 쓰인다.

편지는 멋들어졌고 자신감으로 가득했지만, 나는 아직도 가끔 그 편지들을 꺼내 읽을 때마다, 라디오에 대한 진실이 밝혀지기 직전에 매일매일 녀석의 얼굴에 드리우던 그 표정, 그리고 귀를 감싸쥔 손안의 후덥지근한 공기로 이루어진 가짜 현실을 숭고한 신념으로 연기하기 위해 녀석이 쏟아붓던 그 거대하고도 광적인 에너지가 떠오른다.

예언자의
머리카락

THE
PROPHET'S
HAIR

19××년 정초 스리나가르*에 사람의 뼈를 유리처럼 부스러뜨릴 수 있을 정도의 혹한이 몰아닥쳤을 때, 웬 영락없는 부잣집 도련님 하나가 추위로 발그레해진 피부에 서리처럼 반짝이는 광채를 머금고, 도시에서 가장 비참하고 초라한 지역, 나무와 골함석으로 지어진 집들이 금방이라도 무너질 듯 위태로운 모습으로 사시사철을 나는 동네로 들어서더니, 믿을 만한 전문 강도를 고용하려면 어디로 가야 하느냐고 낮고 심각한 어조로 물었다. 그 젊은이의 이름은 아타였는데, 그는 동네 건달들이 신이 나서 일러준 대로 훨씬 어둡고 후미진 골목들을 지나서 마침내 도살된 닭의 피로 흥건한 마당에 도착했으나, 그곳에서 난생처음 보는 남자 둘에게 습격을 당해, 혼자 외출에 나선 사람치고는 비상식적으로 많이 소지하고 있던

* 인도 카슈미르 주에 있는 도시.

돈뭉치를 모조리 빼앗겼으며 초주검이 될 때까지 두들겨맞았다.

밤이 내렸다. 그의 몸은 익명의 손길에 의해 호숫가로 옮겨졌고, 그곳에서 시카라*에 실려 호수 건너편으로 이동했으며, 이윽고 그 찢기어 피 흘리는 육신은 샬리마르 정원으로 향하는 수로 옆 으슥한 제방에 놓이게 되었다. 다음날 아침 동틀 녘에 어느 꽃 행상이 배를 저어, 밤의 냉기로 석청같이 뿌예진 호수를 건너다가 젊은 아타의 엎드린 형체를 발견했는데, 그 순간 아타가 몸을 움직대며 신음하기 시작했고, 그의 피부는 이제 시체처럼 창백했지만 실제로 내려앉은 서리 아래에서도 희미하게 부잣집 도련님의 광채를 발했다.

꽃 행상은 배를 잡아맨 다음 다친 사내의 입 위로 몸을 숙이고서 그 가련한 친구의 주소를 알아냈는데, 아타가 간신히 입술을 움직여 웅얼거린 덕분이었다. 그리하여 행상꾼은 두둑한 사례금을 기대하며 노를 저어 아타를 호숫가에 있는 대저택으로 데려다주었고, 그곳에서는 아름답지만 웬일인지 멍이 든 아가씨와 심란해 보이지만 역시 수려한 어머니가 걱정으로 한숨도 자지 못한 눈을 하고 있다가 아타를 보고 비명을 질렀는데, 아름다운 아가씨의 오빠인 아타가 기대에 부푼 꽃장수의 처량하게 지러진 겨울 꽃들 틈에 꼼짝도 않고 누워 있었기 때문이었다.

---

* 스리나가르의 달 호수에서 사용되는 나무배.

꽃 행상은 과연 후하게 사례를 받았고, 무엇보다 침묵을 지키기로 약조했기에, 이제 이 이야기에서 어떠한 역할도 수행하지 못하게 된다. 아타는 두개골 골절과 체온 저하로 끔찍하게 고통받다가 혼수상태에 빠졌고, 도시의 일류 의사들조차 그의 상태에 대해 속절없이 어깨만 으쓱했다. 그런고로, 바로 그날 저녁 도시에서 가장 비참하고 초라한 지역에 또 한번 뜻밖의 방문자가 찾아들었다는 사실은 가일층 놀라웠다. 이 방문객은 불운한 젊은이의 여동생 후마였는데, 오빠처럼 낮고 심각한 어조로 오빠와 똑같은 질문을 던졌다.

"도둑을 고용하려면 어디로 가야 하나요?"

강도를 물색하러 왔던 부잣집 천치에 대한 소문이 이미 그 불결한 시궁창에 퍼질 대로 퍼졌으나, 이번에 그 아가씨는 이렇게 덧붙였다. "이 말을 해야겠군요. 나는 돈을 한 닢도 소지하지 않았고 아무런 장신구도 착용하지 않았어요. 아버지는 나와 의절하셨기 때문에 내가 납치되더라도 몸값을 한푼도 지불하지 않으실 거예요. 그리고 경찰청 부청장이신 외삼촌한테 편지를 한 통 맡겨두었는데, 내가 아침까지 무사히 집에 돌아가지 못하면 외삼촌이 그걸 열어보고서 내가 이곳에 온 여정을 속속들이 전부 알게 되실 거예요. 그리고 나를 습격한 자를 처벌하기 위해 백방으로 노력하실 테죠."

그 아가씨는 심한 찰과상과 타박상으로 팔과 이마가 엉망이었음에도 빼어난 미모를 감추지 못했는데, 거기에 기이한 질문까지 더해지자 호기심에 찬 구경꾼들이 제법 많이 모여들었고, 그 짧은 발언을 통해 모든 대비책이 설명되었기에 누구도 그 아가씨를 손끝 하나 다치게 하려고 들지는 않았으나, 고위층 경찰 외삼촌의 보호를 들먹이며 악한을 고용하려고 하는 건 매우 이상한 일이라는 말들이 시끌벅적하게 오가기는 했다.

후마는 안내에 따라 훨씬 어둡고 후미진 골목들을 지나 마침내 먹물처럼 새까만 도랑에 이르렀고, 그곳에서 웬 노파가 하도 날카롭게 쏘아보는 통에 노파의 두 눈이 멀었다는 사실을 곧바로 알아차렸다. 노파가 몸짓으로 후마를 출입구로 인도했는데, 그곳에서는 마치 어둠이 연기처럼 쏟아져나오는 듯했다. 후마는 주먹을 움켜쥐며 제 심장을 향해 평소처럼 굴라고 을러대고서 노파를 쫓아 암흑에 감싸인 집으로 들어섰다.

상상할 수 있는 가장 희미한 양초 불빛이 어둠 새로 가늘게 흘러나왔다. (노파가 더는 보이지 않았기에) 후마는 이 못 미더운 노란 빛줄기를 따라가다가 느닷없이 정강이를 한 차례 세게 얻어맞고는 저도 모르게 소리를 질렀고, 앞에서 암흑의 장막에 싸인 채 기다리고 있을 누군가 혹은 무언가에게 자신의 커져가는 두려움을 내보였다는 사실에 분개하며 그 즉시 입술을 질끈 깨물었다.

사실 후마는 초 한 자루가 타고 있는 앉은뱅이책상에 부딪친 것이며, 건너편 바닥에는 산처럼 거대한 형체 하나가 책상다리를 하고 앉아 있었다. "앉으시오, 앉아." 웬 남자가 굵고 침착한 목소리로 말했고, 그보다 화려한 초대의 말은 필요치 않았기에, 그 간결한 지시에 후마는 다리에 힘이 풀렸다. 후마는 오른손으로 왼손을 움켜쥐며 애써 차분한 목소리로 말했다.

"그렇다면 선생님이 바로 제가 원하던 그 도둑이겠군요?"

거대한 산 그림자가 체중을 아주 살짝 옮기더니 후마에게 말하기를, 이 구역에서 고안되는 범죄행위는 모두 치밀하게 조직되고 중앙에서 통제되기 때문에 소위 프리랜서를 구하려면 반드시 이 방을 거쳐야 한다고 했다.

그는 저질러야 할 범죄의 세부사항을 포괄적으로 물었는데, 입수해야 할 물품의 정확한 목록뿐 아니라 사례금을 포함해서 제공받을 수 있는 모든 재정적 유인책에 관해 명확하게 진술해달라고 요구했으며, 게다가 보관용으로 간략한 청구 사유서까지 작성해달라고 했다.

이 말에 후마는 뭔가 떠오른 듯 몸과 결의를 모두 단단히 굳히고서 큰 소리로 대꾸하기를, 지극히 사적인 이유로 이 일을 청했으므로 세부사항은 도둑 본인하고만 논의할 것이며, 보상은 "후하게" 제공할 것이라고 했다.

"제가 무슨 직업소개소 같은 곳에 와 있는 모양인데, 선생님, 이거 하나만은 기꺼이 말씀드리죠. 그런 후한 보상의 반대급부로, 저는 선생님이 부리는 가장 흉악한 범죄자, 일평생 어떤 공포도, 신에 대한 두려움조차도 품어본 적이 없는 그런 사람을 원해요.

정말이지 선생님 패거리 중에서 최고 악질, 바로 그런 사람 말이에요!"

바로 그때, 파라핀 방풍 램프에 불이 켜지면서 후마는 자기가 백발의 거인과 마주앉아 있다는 사실을 깨달았다. 남자의 왼뺨에는 극히 불길해 보이는 흉터가 있었는데, 그 반흔문신은 '신sín'이라는 나스탈리크체 글자였다.* 후마는 엉터리없는 향수에 사로잡힌 채, 어린 시절 놀이방에 살던 벽장 귀신이 튀어나와 제 앞에 버티고 있는 듯한 착각에 빠졌다. 그 시절 아야는 후마와 아타가 아망이라도 부릴라치면 항상 이런 말로 을러댔었다. "조심하지 않으면 내가 그자한테 너희를 잡아가라고 할 거야. 도둑 중의 도둑, 셰이크 신한테 말이야!"

자, 백발이긴 하지만 확실한 흉터를 지닌 이 남자가 바로 그 악명 높은 범죄자였는데, 후마가 미친 걸까, 아니면 귀가 농간을 부린 걸까, 그것도 아니면 정말로 이 남자가 상황을 들어보건대 자신이 그 일의 적임자라고 단언한 걸까?

도깨비처럼 되살아나는 향수를 힘겹게 물리치며, 후마는 이 무시무시한 지원자에게 경고하길, 자기가 동행도 없이 이 흉포한 거리에 온 까닭은 극도로 긴급하고 위험한 일 때문이라고 했다.

후마가 계속했다. "마지막 순간에 발을 빼는 일이 생겨서는 안

* '신'은 아라비아문자 중 한 글자. 나스탈리크체는 페르시아인들이 사용하던 아라비아문자 서체 중 하나로, 인도에서도 쓰인다.

되겠기에, 저는 어떠한 비밀도 숨기지 않고 전부 말하기로 결심했어요. 만약 제 이야기를 다 듣고서도 계속 일을 진행하겠다고 한다면, 저는 선생님을 돕기 위해 그리고 선생님을 부자로 만들기 위해 힘닿는 데까지 무슨 일이든 할 거예요."

늙은 도둑이 어깨를 으쓱하고서 고개를 끄덕이더니 침을 뱉었다. 후마가 이야기를 시작했다.

엿새 전, 후마의 아버지, 부유한 고리대금업자 하심의 가정은 모든 것이 평소와 다름없었다. 아침식사 시간에 후마의 어머니는 고리대금업자의 접시에 다정하게 키츠리*를 떠주었다. 오가는 대화는 가족이 자부하는 예의와 배려의 표현으로 넘쳐났다.

하심은 자신이 독실한 사람은 아닐지언정 "명예로운 세상살이"를 대단히 중요시한다고 즐겨 말했다. 그 널찍한 호숫가 저택에서는 모든 외부인을 하나같이 공손하고 정중하게 맞아들였는데, 하심의 막대한 재산에서 고작 티끌만큼을 융통하러 온 그 불운한 사람들까지도 전부 똑같은 대접을 받았다. 하심은 으레 그들에게 칠 할이 넘는 이자를 요구했고, 키츠리를 떠주는 아내에게 그 까닭을 부분적으로는 이렇게 설명했다. "그 사람들한테 돈의 가치를 가르치려는 거요. 그걸 배워야만, 줄곧 빌리고 또 빌리는 그런 열병에서 치유될 수가 있소. 그런고로, 당신도 알다시피 내 계획이 성공한다면 나는 이 사업을 걷어치워야 할 거요!"

* 쌀과 콩에 양념을 가미해서 끓인 인도 음식.

고리대금업자와 아내는 자신들의 자녀 아타와 후마에게 절약과 정직 그리고 건전한 자립정신의 미덕에 대해 잘 가르쳐놓았다. 이에 대해서도, 하심은 자주 자랑스러워했다.

아침식사가 끝났다. 가족은 서로에게 충실한 하루를 기원했다. 하지만 몇 시간 안에, 가정생활에 대한 유리 같은 만족감, 도자기처럼 약하고 설화석고처럼 민감한 충족감은 회복 불능 상태로 바스러질 운명이었다.

고리대금업자가 전용 시카라를 불렀다. 그리고 배에 올라서려는 찰나, 은빛 반짝임에 이끌려 배와 개인 부두 사이에 떠 있는 작은 유리병을 발견했고, 충동적으로 그걸 끈끈한 물에서 건져냈다.

옅은 색조의 원통형 유리병은 정교하게 세공된 은으로 감싸여 있었는데, 하심이 들여다보니 안에는 사람의 머리카락 한 올이 담긴 은 펜던트가 들어 있었다.

하심은 이 진기한 습득물을 주먹으로 감싸쥐며 사공에게 계획이 바뀌었다고 중얼거리고는, 서둘러 서재로 가서 문을 닫고 제가 발견한 물건을 흐뭇하게 바라보았다.

틀림없이 고리대금업자 하심은 자기가 예언자 무함마드의 고명한 유물을 입수했다는 사실을 처음부터 알았을 터인데, 전날 아침에 하즈라트발 모스크의 지성소에서 그 성스러운 머리카락을 도둑맞는 바람에 골짜기에서 유례없는 대소동이 벌어졌기 때문이다.*

아무래도 도둑들이 공황 상태에 빠져서 유리병을 아교풀 같은 호수 한복판에 던져버린 모양이었다. 대혼란 상태가, 울부짖으며 거리거리를 행진하는 끝없는 비탄의 행렬이, 소요 사태와 정치적 파급효과가, 그리고 그 잃어버린 머리카락을 찾는 데 모든 경력이 달린 사람들이 지휘하고 수행하는 대규모 경찰 수색 작전이 도둑들을 불안하게 만든 게 틀림없었다.

엄청난 요행수로 유리병을 발견했으니 시민으로서 하심의 의무는 분명했다. 머리카락은 성지로, 그리고 국가는 평정과 평온의 상태로 돌아가야 마땅했다.

하지만 고리대금업자의 생각은 달랐다.

하심의 서재 도처에는 수집광적 흔적이 가득했다. 거대한 유리 상자마다 굴마르그** 지역의 나비들이 빼곡히 꽂혀 있었고, 전설적인 잠자마 대포***의 축소 모형 삼십여 개가 다양한 금속으로 제작되어 있었으며, 무수히 많은 검, 나가족****의 창 한 자루, 기차역 플랫폼에서 흔히 판매하는 낙타 모양의 테라코타 아흔네 개, 다수의 사모바르*****가 곳곳에 진열되어 있었고, 그뿐 아니라 원래는 유아용 목

---

* 실제로 1963년 12월 이 모스크에서 '무함마드의 머리카락'이 도난당했다.

** 인도 북부 카슈미르의 초원 지대.

*** 현재의 아프가니스탄부터 파키스탄까지 지배했던 두라니왕조가 1757년에 주조한 거대한 대포. 인도 북부를 둘러싼 전쟁에서 사용됐으며 포신에 페르시아어와 꽃무늬가 새겨져 있다.

**** 인도 북동부 및 미얀마 서부에 거주하는 부족. 창을 주무기로 쓴다.

***** 내부의 관에 숯불을 넣어 물을 끓이는 러시아의 전통 주전자.

욕 장난감으로 사용하기 위해 백단향으로 조각한 소형 동물 모형들이 하나의 완전한 동물계를 구성하고 있었다.

하심은 혼잣말을 했다. "어쨌든 예언자 무함마드는 이러한 유물숭배를 매우 못마땅하게 여겼을 거야. 그분은 신격화라는 발상 자체를 혐오했어! 그러니까 이 머리카락을 돌려주느니 차라리 광신도들한테서 격리시킴으로써 나는 더 훌륭한 일을 수행하는 거야, 그렇잖아? 물론 종교적 가치 때문에 이걸 원하는 건 아니야…… 나는 세속적인 사람이고 세상 물정에 밝지. 나한테 이건 엄청나게 진귀하고 눈부시게 아름다운 세간의 물건일 뿐이야. 요컨대 나는 머리카락보다는 은으로 세공된 유리병을 원하는 거라고.

듣자 하니 도난당한 걸작을 구입해서 은닉하는 미국인 백만장자들도 있다고 하던데, 그자들은 내 기분을 이해할 테지. 나는 반드시, 기필코 이걸 가져야만 해!"

무릇 수집가란 자신의 보물을 또다른 한 인간과 공유해야 직성이 풀리는지라, 하심은 외아들 아타를 불러서 사실을 털어놓았고, 아타는 몹시 동요했지만 비밀을 지키기로 맹세했기에, 문제가 걷잡을 수 없이 심각해질 때까지 입을 다물었다.

젊은이는 양해를 구하고서, 아버지를 수집품들의 한복판, 그 군중고독 속에 홀로 남겨두고 자리를 떴다. 하심은 딱딱한 등받이의자에 꼿꼿이 앉아, 아름다운 유리병을 골똘히 바라보았다.

다들 알고 있듯 이 고리대금업자는 점심을 먹지 않기에, 저녁이

되어서야 하인 하나가 주인을 식탁으로 모시기 위해 내실로 들어섰다. 하심은 아타가 떠날 때의 모습 그대로였다. 하지만 고리대금업자는 똑같으면서도 똑같지가 않았는데, 어쩐지 붓고 팽창한 것 같았다. 눈이 평소보다 훨씬 튀어나왔고 눈가가 벌겠으며, 손가락 관절이 허옜다.

고리대금업자는 금방이라도 터질 듯했다! 마치, 착복당한 유물의 영향으로 어떤 기괴한 액체가 그의 몸에 가득 들어차서 언제라도 신체의 모든 구멍으로 마구 흘러나올 것만 같았다.

그는 도움을 받고서야 식탁으로 향할 수 있었고, 그런 다음에 정말로 폭발이 일어났다.

조심스레 짜맞췄으나 얼개가 약한 그들의 가족생활에 자신의 말이 어떠한 영향을 미칠지 전혀 신경쓰지 않는다는 듯, 하심은 끔찍한 진실을 거품처럼 줄줄 쏟아내기 시작했다. 공포에 질려 입을 열지 못하는 자녀들 앞에서 하심은 아이들의 어머니를 향해 그들의 결혼생활이 오랫동안 최악의 고통이었다고 떠들었다. "정중함은 끝났어! 위선은 끝났다고!" 하심이 우레처럼 소리쳤다.

그러고는 그 기세를 이어 가족에게 정부情婦의 존재를 폭로했다. 정기적으로 매춘부를 찾는다고도 했다. 또한 아내는 유언의 주 수혜자가 결코 아니며, 이슬람 율법에 따라 정당한 몫으로 재산의 팔분의 일만 받게 될 것이라고 말했다. 그런 다음 자녀들에게 돌아서더니 아타의 학업 부진에 대해 악악댔다. "얼간이! 웬 얼간이 새끼가 태어났어!" 그리고 딸이 맨얼굴로 도시를 돌아다닌다면서, 그건 선한 이슬람 아가씨의 행동으로는 부적절하다며 딸의 음탕함을 비난했다. 게다가 딸에게 당장 푸르다* 생활을 시작하라고 명령했다.

하심은 식사도 하지 않고 식탁을 떠나더니, 가슴속의 온갖 응어리를 다 쏟아낸 사람처럼 깊은 잠에 빠졌고, 남겨진 자녀들은 망연자실하여 눈물을 흘렸으며, 저녁밥은 대기하던 하인의 눈길을 받으며 곁탁자 위에서 식어갔다.

다음날 새벽 다섯시, 고리대금업자는 가족들을 깨워서 씻고 기도하라고 강요했다. 그때부터 하심은 난생처음으로 하루에 다섯 번씩 기도를 드리기 시작했고, 아내와 자녀들도 똑같이 해야 했다.

아침식사 전에 후마는 하인들이 아버지의 지시에 따라 정원에 책을 산더미처럼 쌓아놓고 불을 지르는 모습을 지켜보았다. 훼손되지 않은 책은 쿠란뿐이었는데, 하심은 쿠란을 부드러운 천으로 싸서 현관 탁자에 올려놓았다. 그리고 가족 모두에게 적어도 매일 두 시간씩 쿠란 구절들을 읽으라고 지시했다. 영화 구경은 금지되었다. 아타가 동성 친구들을 집으로 초대하면, 후마는 제 방으로 물러나야 했다.

이제 가족은 충격과 경악의 상태로 접어들었다. 하지만 더욱 나쁜 일이 아직 남아 있었다.

그날 오후에 웬 채무자 하나가 떨면서 그 집에 찾아와서는 빚진

* 여성이 가족을 제외한 다른 남자에게 얼굴을 드러내는 것을 금지하는 이슬람 관습.

이자의 이번 불입금을 상환할 능력이 없다고 실토했고, 약간 엄포를 놓는답시고 하심에게 쿠란이 고리대금업을 금한다는 사실을 언급하는 실수를 저질렀다. 고리대금업자는 분기충천해서, 잔뜩 수집해놓은 생가죽 채찍 중 하나를 골라 그 남자에게 휘둘렀다.

불운하게도, 같은 날 두번째 체납자가 기한 연장을 요청하러 왔다가 팔에 커다란 자상을 입고 하심의 서재에서 달아났는데, 후마의 아버지가 남의 돈을 훔치는 도둑이라 칭하며 서재 벽에 걸려 있는 서른여덟 개의 쿠크리 칼* 중 하나로 그 몹쓸 이의 오른손을 자르려 했기 때문이었다.

예의범절에 관한 가족의 불문율이 그렇게 깨지는 모습을 지켜보며 아타와 후마는 경악을 금치 못했다. 그날 저녁 두 자녀의 어머니가 하심을 진정시키려 하자, 그는 손바닥으로 아내의 따귀를 때렸다. 아타가 어머니를 보호하려고 잽싸게 달려들었다가 떠밀려서 나자빠졌다.

"지금부터 이곳의 기강을 좀 바로잡아야겠어!" 하심이 으르렁댔다.

고리대금업자의 아내는 히스테리 발작을 일으켰고, 그날 밤을 지나 다음날까지 내리 그 상태가 지속되었다. 남편이 너무도 짜증이 난 나머지 아내에게 이혼하겠다고 으름장을 놓자, 아내는 방으

* 네팔 구르카족 고유의 단검.

로 달아나서 문을 걸어 잠그고 훌쩍임의 라가*만을 반복했다. 이제 후마는 평정심을 잃고 아버지에게 대놓고 대들었으며, 다른 무엇보다도 우선 눈에 좋지 않으므로 얼굴을 천으로 가리지 않겠다고(아버지가 독려했던 그 자립정신을 가지고) 선언했다.

이 말을 듣자마자 아버지는 그 자리에서 딸에게 의절을 선언했고, 일주일 안에 짐을 싸서 나가라고 명령했다.

넷째 날이 되자, 집안에 공포 분위기가 너무 짙게 감돌아서 걸어다니기조차 힘들었다. 아타는 충격으로 멍해 있는 여동생에게 말했다. "우리는 밑바닥으로 추락하고 있어. 하지만 나는 무슨 일을 해야 할지 알아."

그날 오후 하심은 청부 폭력배 둘을 거느리고서 지급불능 고객들에게 미납금을 뜯어내려고 집을 나섰다. 그 즉시 아타는 아버지의 서재로 갔다. 아들이자 상속자로서 아타도 고리대금업자의 금고 열쇠를 별도로 가지고 있었다. 아타는 열쇠를 사용해 은닉처에서 작은 유리병을 꺼내 바지 주머니에 쑤셔넣고는 금고 문을 도로 잠갔다.

그런 다음 아타는 아버지가 달 호수에서 건져낸 물건의 비밀을 후마에게 털어놓고서 탄식했다. "아마 내가 미친 모양이야. 지금 벌어지고 있는 끔찍한 일들 때문에 내 머리가 돌아버렸는지도 모르지. 하지만 확신하건대, 우리집에 평온이 깃들려면 이 머리카락

* 인도의 전통 선율.

을 딴 데로 치워야만 해."

여동생은 머리카락을 되돌려줘야 한다는 의견에 즉각 동의했고, 아타는 시카라를 빌려 타고서 하즈라트발 모스크로 출발했다. 훼손된 성지 주변을 맴도는 흥분한 신도들 무리 속으로 배가 막 당도했을 때, 아타는 주머니 속에 유물이 없다는 사실을 깨달았다. 주머니에 구멍이 하나 있었는데, 평소에는 집안일에 무척 꼼꼼한 어머니가 최근의 사건들로 스트레스를 받은 탓에 그 구멍을 간과한 모양이었다.

처음에는 부아가 치밀었으나 곧 깊은 안도감이 찾아들었다.

아타는 속으로 생각했다. '내가 그 머리카락을 가지고 있다고 물라*들한테 벌써 밝혔으면 어쩔 뻔했어! 지금 상황이라면 물라들이 나를 믿지 않았을 테고, 이 군중이 나를 뭇매질했을 거야! 어쨌든 머리카락은 사라졌고, 마음의 짐도 덜었어.' 젊은이는 근래 들어 가장 만족스러운 기분으로 집에 돌아갔다.

아타가 집에 와보니 여동생은 멍이 든 채로 현관에서 울고 있고, 어머니는 막 남편을 여읜 과부처럼 이층 침실에서 통곡하고 있었다. 아타가 후마에게 무슨 일이 있었는지 말해달라고 하자 후마가 대답하기를, 아버지가 비인도적인 출장에서 돌아오는 길에 배와 부두 사이에서 또다시 은빛 반짝임을 인지하고서 길 잃은 유물을 다시금 건져냈고, 그 결과 다른 어떤 분노와도 비교가 안 될 만큼

* 이슬람 성직자.

거센 분노에 휩싸여 후마가 진상을 말할 때까지 마구 때렸다고 했다. 아타는 두 손에 얼굴을 묻고 흐느끼면서, 머리카락이 자신들을 핍박하고 있으며 일을 마무리지으려고 돌아온 모양이라고 말했다.

이제 후마가 문제의 해결책을 생각해낼 차례였다.

팔이 검푸르게 변하고 이마에 커다란 멍들이 번지는데도 후마는 제 오빠를 안고서 속삭였다. 머리카락을 없애기 위해서, 어떠한 희생이라도 치르겠노라고. 후마는 이 마지막 구절을 몇 번이고 반복했다.

그러더니 후마가 단호하게 말했다. "머리카락은 사원에서 도둑맞았어. 그러니까 우리집에서도 도둑맞을 수 있어. 하지만 머리카락에 예속된 우리 말고, 전문 도둑이 진짜 도둑질을 저질러야 해. 아주 무모해서 체포나 저주 따위를 두려워하지 않는 그런 도둑 말이야."

그리고 후마가 덧붙이기를, 한 번 절도 미수가 있었으니 틀림없이 아버지가 바짝 경계할 터라, 유감스럽게도 이제 도둑질에 성공하기가 열 배는 어려울 거라고 했다.

"할 수 있겠어요?"

촛불과 방풍 램프가 방을 밝히는 가운데, 후마가 이야기를 끝내면서 한 가지 질문을 더 던졌다. "선생님이 여전히 이 일을 두려워하지 않는다는 증거를 제시하실 수 있나요?"

그 범죄자가 침을 탁 뱉으며 말하길, 자기는 요리사나 정원사와 달리 증빙서류를 제공하지는 않지만, 그렇게 쉽사리 겁을 집어먹지 않으며, 특히 애들이나 믿는 저주의 정령 따위는 전혀 무섭지 않다고 했다. 후마는 아쉬운 대로 그런 호언장담에 만족하고서 절도의 세부 계획을 서술했다.

"오빠가 머리카락을 사원으로 돌려보내는 데 실패한 후로 아버지는 이제 당신의 귀중한 보물을 베개 밑에 두고 주무시기 시작했어요. 하지만 아버지는 혼자서, 게다가 아주 험하게 주무시죠. 틀림없이 아버지가 이리저리 뒤척이실 테니, 일단 아버지가 깨지 않게 방에 잠입하기만 하면 도둑질은 쉬울 거예요. 유리병을 손에 넣으면 제 방으로 오세요." 후마는 셰이크 신에게 집의 도면을 건넸다. "그러면 엄마와 저의 보석을 전부 넘겨드릴게요. 선생님은…… 그것의 가치가…… 그러니까 여하튼 선생님은 그걸로 큰 부자가 될 수 있어요."

후마는 자제력이 약해져갔고 금방이라도 쓰러질 것만 같았다.

"오늘밤, 오늘밤에 꼭 오셔야 해요!" 후마가 마지막으로 내뱉었다.

후마가 방을 떠나자마자 늙은 범죄자는 발작적으로 기침을 하며 몸을 떨었다. 그는 낡은 바나스파티* 깡통에 피를 뱉었다. 위대한 셰이크, 그 '도둑 중의 도둑'은 이제 병자가 되었고, 권력을 노리는 어떤 애송이가 그의 배에 단검을 찔러넣을 날이 하루하루 다가오고 있었다. 일평생 도박에 빠져 살았던 탓에 지금 그는 수십 년 전

* 인도에서 버터 대용으로 사용하는 식물성유지.

단순 소매치기 수련생으로 이 바닥에 처음 발을 들일 때만큼이나 가난했다. 고리대금업자의 딸이 의뢰한 기이한 범죄는, 영원히 이 골짜기를 떠날 수 있을 만큼 단박에 부를 축적하고 뱃가죽을 온전히 보전한 채 점잖게 죽음을 맞이하는 호사를 누릴 기회였다.

예언자의 머리카락에 관해 말하자면, 음, 늙은 도둑이나 눈먼 아내나 예언자들에 대해서는 그다지 할말이 없었는데, 이것이 그들 부부와 혼비백산한 고리대금업자 일가의 유일한 공통점이었다.

하지만 그는 이 마지막 범죄의 성격을 네 아들에게는 밝히지 않을 작정이었다. 경악스럽게도 네 아들 모두 구제불능의 독실한 사내들로 자라났는데, 언젠가는 메카로 순례를 떠나겠다고 말할 정도였다. "허튼소리! 어떻게 가겠다는 게냐?" 그는 아들들을 비웃었다. 왜냐하면 그가 아버지의 가없는 사랑으로, 네 아들 모두를 태어나자마자 불구로 만듦으로써 그들에게 평생 고수익의 원천을 제공해주었기 때문이었다. 그리하여 아이들은 다리를 끌면서 도시 여기저기를 돌아다니며 구걸로 돈을 쏠쏠히 벌었다.

그러니까 아이들이 제 앞가림은 했다.

그들 부부는 고리대금업자네 모녀의 보석함을 들고 즉시 떠날 생각이었다. 과연, 행운이 때맞춰 그가 사는 마을 귀퉁이로 멍든 미녀를 불러온 셈이었다.

그날 밤 고요가 사방의 벽을 찰싹대는 동안, 호숫가 대저택은 무작정 기다렸다. 강도의 밤이었다. 하늘을 가린 구름, 그리고 겨울 호수를 덮은 안개. 고리대금업자 하심은 잠이 들었는데, 그 밤 가족 중 유일하게 그에게만 잠이 찾아들었다. 다른 방에서는 아들 아타가 뇌에 혈전이 생겨 깊은 혼수상태의 소용돌이에 빠져 있었고, 그 곁에서 아타의 어머니가 애도의 표시로 희끗희끗한 머리를 길게 늘어뜨린 채 무기력하게 아들의 머리에 따스한 습포를 놓아주었다. 세번째 침실에서는 후마가 옷을 갖춰 입은 채로, 묵직한 보석함들 틈에서 초조하게 대기했다.

마침내 나이팅게일 한 마리가 창문 밑 정원에서 조용히 지저귀자, 후마가 아래층으로 살금살금 내려가 새에게 문을 열어주었는데, 새의 얼굴에는 나스탈리크체로 '신'이라는 글자 모양의 흉터가 있었다.

새는 소리 없이 후마를 따라 계단을 날아올랐다. 둘은 층계 꼭대기에서 갈라서서 서로를 외면한 채, 사전에 모의했던 대로 각자 복도를 따라 반대 방향으로 움직였다.

강도 셰이크 신이 전문가답게 대번에 고리대금업자의 방으로 들어가보니 후마의 예상이 딱 들어맞았다. 하심이 베개를 베지 않은 채 침대에 대각선으로 쭉 뻗어 있어서, 귀중품에 접근하기가 용이했다. 발소리를 죽이고 한 발 한 발, 신은 목표물을 향해 움직였다.

바로 그 순간 옆 침실에서 젊은 아타가 침대에서 벌떡 일어나 앉으며 어머니를 몹시 경악케 하더니, 혈전이 뇌에 어떤 압력이라도 가했는지 돌연 목이 터져라 소리를 지르기 시작했다. "도둑이야! 도둑이야! 도둑이야!"

어쩌면 아타의 가련한 영혼이 마지막 순간에 제 아버지를 생각하고 있었는지도 모른다. 하지만 확인할 방법은 없는데, 이 젊은이는 단호하게 세 마디를 내뱉은 후에 다시 베개 위로 쓰러져 숨을 거뒀기 때문이다.

그 즉시 아타의 어머니가 귀청이 찢어질 만큼 격렬하게 절규하고 흐느끼고 곡하고 울부짖기 시작함으로써 아타의 외침이 촉발한 일을 마무리지었다. 무슨 말이냐 하면, 그녀의 애끊는 만가가 남편의 침실 벽을 뚫고 들어가 하심의 잠을 완전히 깨웠던 것이다.

셰이크 신이 침대 밑으로 뛰어들지 아니면 고리대금업자의 골통을 완전히 부숴놓을지 막 고민하고 있는데, 하심이 침대 옆 귀퉁이에 항상 기대 세워두는 호피 무늬 지팡이검을 잡아들더니 침대 맞은편 어둠 속에 서 있는 강도를 전혀 눈치채지 못한 채, 방에서 뛰쳐나갔다. 신은 잽싸게 몸을 숙이고서 예언자의 머리카락이 담긴 유리병을 은닉처에서 끄집어냈다.

그사이 하심은 복도로 뛰쳐나가며 지팡이에서 검을 뽑았다. 그런 다음 오른손에 무기를 들고 미친듯이 휘둘렀다. 그리고 왼손으로는 지팡이를 흔들어댔다. 그림자 하나가 한밤의 어둠 속에서 복도를 가로질러 그에게 돌진해왔고, 고리대금업자는 비몽사몽간에 분노에 휩싸여 그림자의 심장 깊숙이 칼을 찔러넣었다. 하심은 불을 켜고서 자신이 딸을 죽였다는 사실을 깨달았고, 이 처참한 사건에 대한 자책감을 견디지 못해, 검을 제 쪽으로 돌리고서 그 위로 쓰러져 생을 마감했다. 가족의 유일한 생존자, 하심의 아내는 그 대학살로 말미암아 실성했고, 시 경찰청 부청장인 오빠에 의해 정신병원에 수용되었다.

셰이크 신은 계획이 틀어졌음을 직감했다.

그는 성공을 코앞에 두고서 보석함의 꿈을 포기해야 했고, 앞서 기술된 끔찍한 사건이 벌어지는 동안 하심의 침실 창문을 타고 탈출했다. 그는 동이 트기 전에 집에 도착했고, 아내를 깨워 실패를 고백한 다음 당분간 피신해 있어야겠다고 속삭였다. 그가 떠날 때까지 아내는 먼눈을 절대 뜨지 않았다.

하심 가족이 일으킨 소동으로 말미암아 하인들이 잠에서 깨어났고, 평소처럼 대문 옆 차르포이*에서 깊이 잠들어 있던 야경꾼까지 일어났다. 그들이 경찰에 신고를 했고, 부청장에게도 통지가 갔다. 슬픔에 잠긴 경찰관은 후마의 죽음에 대해 전해 듣자 조카딸에게 건네받았던 봉함 편지를 뜯어서 읽었고, 곧바로 무장 경관들로 구성된 대규모 파견대를 이끌고 도시에서 가장 비참하고 초라한 지역에 위치한 빛도 들지 않는 시궁창으로 향했다.

심술궂은 밤도둑의 혀가 후마의 동료 공모자를 지목했다. 야심만만한 은행 강도의 손가락이 그가 은신해 있는 집을 가리켰다. 셰이크 신은 간신히 다락의 출입구로 기어올라 지붕으로 탈출을 시

* 인도의 간이침대.

도했으나, 부청장의 라이플에서 발사된 총알에 배를 관통당했고, 후마의 격분한 외삼촌이 서 있는 땅바닥 근처로 떨어져 엉망으로 뭉개졌다.

죽은 도둑의 주머니에서 세공된 은으로 감싸인, 엷은 색조의 유리병이 굴러나왔다.

예언자의 머리카락을 되찾았다는 소식이 즉각 '올 인디아 라디오'를 통해 발표되었다. 한 달 후 골짜기 최고의 성자들이 하즈라트발 모스크에 모여서, 유물이 진품임을 공식적으로 인정했다. 지금까지도 유물은 골짜기 깊은 곳 가장 아름다운 호수 언저리, 어느 철통같은 금고에 보관되어 있으며, 한때 그 골짜기는 이 땅에서 가장 천국에 가까운 곳이었다.

하지만 이야기를 완전히 끝내기 전에 이 사실을 기록해둘 필요가 있다. 죽은 셰이크 신의 네 아들은 부지중에 고명한 머리카락과 한 지붕 아래서 몇 분을 함께 보낸 뒤, 아버지가 사망한 날 아침에 잠에서 깨어나 기적이 일어났음을 알았는데, 넷 다 사지가 멀쩡해지고 기관지가 튼튼해졌으며, 마치 태어나서 몇 시간 만에 아버지에게 다리가 으스러진 적이 없었던 양 육신이 온전해졌다. 그들 넷은 하나같이 정말 길길이 성을 냈는데, 그 기적으로 인해 그들의 생활력이 아무리 적게 잡아도 칠십오 퍼센트가량 약해졌기 때문이었다. 그리하여 그들은 파산했다.

이래저래 셰이크 신의 아내만이 감사를 느꼈는데, 남편을 잃었지만 시력을 되찾았고, 그로 인해 다시금 아름다운 카슈미르 골짜기를 바라보며 여생을 보낼 수 있었기 때문이다.

웨스트

WEST

요릭

하늘에 감사를! 아니, 고대 종이 제조인의 근면에 감사를! 독피지*로 알려진 튼튼한 물질이 지구상에 존재함에 대하여. 독피지는 제가 발붙여온 이 지구처럼 (사실 독피지는 대지와 접촉하는 일이 대단히 드물며, 보통은 나무나 여타 재료로 만들어진 책장에 보관되는데, 더러는 먼지를 뒤집어쓰고 있기도 하고 더러는 완벽한 상태로 보존되기도 한다. 또한 독피지는 편지 보관함, 책상 서랍, 낡은 가방, 연애편지를 넣어두는 비밀 주머니, 상점, 서류철, 다락, 지하실, 박물관, 증서 보관함, 금고, 변호사 사무실, 병원 벽면, 당신이 아주 좋아하는 바닷가 고모할머니 댁, 연극 소품 보관소, 옛날이야기, 정상회담, 바가지요금을 받는 관광지에서 발견되기도

* 송아지 가죽으로 만든 종이. 나무로 만든 종이가 널리 보급될 때까지 양피지와 함께 사용되었다.

한다)…… 당신이 내 의도를 잊었을 경우에 대비해서 다시 한번 말하자면, 지구처럼, 이 고귀한 물질도 오래간다. 영원토록은 아닐지라도, 적어도 구기거나 찢거나, 찬가위를 사용하거나 튼튼한 치아를 사용하거나, 불쏘시개로 쓰거나 휴지로 쓰거나, 이렇게 인간이 일부러 망가뜨릴 때까지는 존속된다. 진실로 인간은 자신들이 발 딛고 살아가는 토양과, 그 물질을 (종이를 뜻한다) 파괴하는 데서 동일한 즐거움을 얻는다. 발밑에 존재하던 토양이 머리 위에 놓이는 순간부터 인간에게 불멸을 누릴 수도 있게 해주는 그 물질을 말이다. 그 파괴의 방법을 모두 열거하자면 나에게 할당된 페이지를 가득 채우고도 남을 테니…… 그런 목록 따위는 집어치우고 이야기나 시작하자. 앞서 말했듯, 이건 한 점의 독피지에 관한 이야기인데, 독피지 자체에 관한 이야기이기도 하고 그 위에 적힌 글에 관한 이야기이기도 하다.

물론, 요릭*의 전설에 대해 이야기하려고 한다. 그것과 동일한 설화가 약 이백삼십오 년 전에 어떤 믿을 만한, 아니, 몹시 못 미더운 트리스트럼**이란 사람의 수중에 들어갔는데, 그자는 (비록 이술트는 없었으나) 청승꾸러기triste도 호색가ram도 아니었으며, 아주

* 윌리엄 셰익스피어의 희곡 『햄릿』에 잠시 언급되는 궁정 광대. 햄릿이 오필리아의 묏자리에서 그의 해골과 마주치게 된다. 또한 로런스 스턴의 소설 『신사 트리스트럼 섄디의 인생과 생각』(1759)에 등장하는 교구 목사의 이름이기도 하다.

** Tristram. 『신사 트리스트럼 섄디의 인생과 생각』의 작중 화자. 중세 유럽 전설에도 콘월 지역의 기사 트리스트럼이 등장하는데, 왕비 이술트와 비극적인 사랑을 나눈다. '트리스탄'과 '이졸데'라는 이름으로 더 알려져 있다.

거품이 많고 자극적인 섄디* 같은 친구였다. 그리고 그 이야기가 여러 경로를 거쳐 지금은 내 손안에 있는데, 그 과정이 어찌나 불가사의한지, 굳이 그걸 설명하느라 열렬한 독자를 기다리게 할 수는 없다. 참으로 많은 독피지가 소요된 역사물이로다! 그래서 나의 현재 계획은 이 독피지를 축약하고, 더 나아가, 내용을 풀이하고, 주석을 달고, 하이픈으로 연결하고, 권위를 부여하고, 표백까지 하는 것이다. 왜냐하면 그 이야기는 이런 민감한 기술들을 사용할 줄 아는 학자에게 섭섭지 않은 보상을 해주기 때문이다. 자, 칙칙한 얼굴과 잉크로 얼룩진 손가락을 가진 이여! 젊고 아름다운 아낙들, 늙은 바보들, 서방질, 질투, 살인, 저주받은 헤보나 독즙, 처형, 해골들이 숨어서 그대를 기다린다. 그뿐 아니라, 윌리엄 셰익스피어의 『햄릿』에서, 그 병적인 왕자가 친부의 진짜 이름도 몰랐던 까닭이 낱낱이 밝혀질 것이다.

그렇다면 좋다:

걸출한 덴마크 왕 호르벤딜루스의 치세 후반기에 궁정 최고의 어릿광대, 명장明匠 요릭이 금발의 삼삼한 말라깽이를 아내로 삼은 모양인데, 그 여자의 이름은 '오필리아'였다. 그후에 모든 문제가 시작되는데…… 뭐지? 벌써부터 방해하는 건가? 내가 말하지 않았소? 음유시인 햄릿, 그러니까 덴마크의 암레투스**가 유령의 이

* 맥주에 레모네이드나 청량음료 등을 섞은 술.

** Amlethus 또는 Amleth. 『햄릿』의 원전으로 여겨지는 중세 북유럽 전설의 주인공.

름도 햄릿이라고 믿는 커다란 실수를 저질렀다고 내가 방금 적지 않았소?* 그것은 흔치 않은 일일 뿐 아니라 불효이고, 불효일 뿐 아니라 완전히 삭소 그람마티쿠스**를 거스르는 실수라고 할 수 있는데, 왜냐하면 삭소 그람마티쿠스가 저술한 『덴마크인의 사적事跡』***의 권위에 모순되기 때문이오! 하지만 조용히 내 이야기를 끝까지 듣는다면, 그것은 결코 실수가 아니며, 오히려 이 이야기의 진의를 아주 빠르게 파악할 수 있는 꽤 신비한 단서라는 사실을 알게 될 것이오.

다시 말한다:

호르벤딜루스. 호르벤딜루스 렉스가…… 아직 질문이 남았소? 선생, 물론 어릿광대에게도 아내가 있었소. 그 여자가 위인이 쓴 희곡에는 등장하지 않을지언정, 남자가 명문名門을 이루려면 여자란 반드시 필요한 장치 아니겠소? 달리 어떤 방법이 가능하겠소? 대답해보시겠소? 여자가 없었다면 옛 광대가 어떻게 가계를 이루고, 요릭 가문의 진정한 독백극이 어떻게 탄생하며, 트리스트럼 아무개의 똥감태기 목사가 어떻게 단 한마디라도 할 수 있었겠소? 자, 이 말의 진위 여부를 알기 위해 오래된 독피지까지 필요치는 않을 거요. 하느님 맙소사, 그 여자의 이름 말씀이오? 선생, 내 말을 믿으시오. 수수께끼랄 게 어디에 있소? 남자들이 암레투스, 호

* 『햄릿』에서 왕자 햄릿은 아버지인 선왕 햄릿의 유령을 본다.

** 12세기 덴마크 역사가.

*** 덴마크 역사서. 암레투스 전설이 수록되어 있는데 이 전설에는 유령이 등장하지 않는다.

르벤드머시기, 그리고, 그렇지, 요릭 같은 이름으로 불리는 지역에서 '오필리아'라는 이름이 더럽게 드물 거라 생각하시오? 그냥 그렇고 그런 이름이오. 계속합시다.

요릭이 오필리아를 아내로 삼았소. 둘 사이에 아이가 하나 있었소. 이제 언쟁은 그만합시다.

오필리아에 대해 이야기하자면: 그 여자는 요릭보다 나이는 절반이었고 외모는 갑절로 수려했으니, 뒤따라오는 상황이 나눗셈과 곱셈의 결과임을 누구라도 냉큼 알아차릴 수 있을 것이다. 요컨대, 산술적 비극. 묘지에나 어울릴 법한 심각한 이야기.

말년의 늙다리 광대가 어떻게 그런 초년의 신부를 얻게 되었을까? 오래된 독피지 부근에서 역겨운 돌풍이 불어온다. 그것은 바로 오필리아의 입김이다. 덴마크에서 가장 구린내 나는 숨결! 쥐의 간, 두꺼비 오줌, 부패하기 시작한 수렵조, 충치, 괴저, 꼬챙이에 꿰인 송장, 불타는 마녀의 육신, 수채통, 정치가의 양심, 스컹크굴, 매장지, 지옥처럼 부글대는 온갖 피클 통, 그 모든 것을 섞어놓은 듯한 미적지근한 악취! 이목구비로 사내들의 눈에 습기를 어리게 하는 이 젊고 연약한 미의 화신이 대담하게 입을 열 때마다, 어이쿠, 사방으로 최소한 반경 50피트쯤은 깨끗하게 비워져 공터가 되었다. 그리하여 요릭은 혼인을 향해 탄탄대로를 걸을 수 있었는데, 가난한 광대는 제 능력에 맞는 아내를 얻어야 하는 법이다.

요릭은 코에 나무못을 끼우고서 오필리아에게 구애를 했다. 왕은 요릭을 총애했기에, 두 사람의 혼례식 날 어릿광대에게 사려 깊은 선물을 하사했다. 은으로 만든 코마개 한 쌍. 그런고로, 사랑에 빠진 우리의 광대는 처음에는 못, 그다음에는 마개를 하고서 당당하게 상대방을 응시했다.

이로써 문제는 해결된다.

〔어린 암레투스 왕자가 말채찍을 들고 등장한다.〕

공간적 배경은 덴마크 엘시노어 성의 초라한 침실이다. 요릭과 그의 아내가 간이침대에 누워서 깊이 잠들어 있다. 근처 의자 위에는 모자, 종, 얼룩덜룩한 광대 옷 따위가 널브러져 있다. 어디에선가 아기가 자고 있다. 자, 어린 햄릿이 발꿈치를 들고서 침대맡으로 살금살금 걸어가는 모습을 상상하라. 그곳에서 햄릿은 마음을 졸이며 쭈그려 앉는다. 그리고 마침내 뛰어오른다! 그리하여 지금,

요릭 (깨어나며) 오, 아! 웬 망할 놈의 펠리온 산이 오사 산에서 굴러떨어지며, 이렇게 내 등줄기를 끊어놓는 게야?*

…… 잠시 끊자, 여기에 뭔가 불협화음이 존재하는 것 같다. 일곱 살배기 군주가 등에 올라타는 바람에 깊은 잠에서 막 깨어난 사람이 정말로 원문에 명시된 그런 은유와 고전적 암시를 구사할 수 있었을까? 이 부분에 관한 한, 독피지를 전적으로 신뢰할 수는 없을 듯하다. 아니면 덴마크 광대들이 유달리 해박했을 수도 있다. 어떤 일들은 영원히 알 도리가 없다……

* 그리스신화에서 거인족 형제가 올림포스를 공격하려고 펠리온 산을 오사 산 위에 쌓아올린 것을 가리킨다.

(이제 본론으로 돌아가자.)

햄릿 요릭, 날이 밝았어! 동틀 때까지 합창 소리를 드높이자.

오필리아 (방백) 낭군님은 이 왕자를 결코 좋아하지 않아. 응석받이 땅꼬마 새끼, 지긋지긋하게 잠도 없어서 그 저주를 우리한테 옮겨놓지. 그래서 우리는, 아침마다 왕족의 손이 우리의 머리카락을 쥐어뜯거나, 왕세자의 궁둥이가 우리의 목에서 요분질을 치면 잠에서 깨어나지. 저게 내 자식이라면…… 안녕히 주무셨어요, 사랑스러운 왕자님!

햄릿 그래, 오필리아. 새벽 합창을 하자고, 요릭, 어서!

요릭 그건 새들의 일이죠. 정말이지, 저는 아주 늙은 새랍니다. 나이 때문에 오래전에 까마귀, 혹은 부엉이가 되었죠. 저는 이제 노래를 부르지 않아요. 다만 아주 꼴사납게 깍깍대거나 부엉부엉거리죠.

햄릿 쉿! 그런 소릴랑 관둬. 이 왕자는 노래를 부를 거야.

요릭 제 말을 끝까지 들으세요. 노령이란 말이죠, 햄릿 왕자님, 지는 해랍니다. 그러니, 황혼의 나이에 새날을 찬송하는 건 옳지 않아요.

햄릿 그만. 일어나서 노래해. 나는 네 등에 올라타서 노래를 들을 테야.

오필리아 (방백) 일곱 살 나이에 바다노인* 같기도 하지. 스물일

---

* 『신드바드의 모험』에 등장하는 노인. 사람의 등에 올라타서 그 사람이 죽을 때까

곱 살엔 과연 뭐가 될지 누가 알겠어?

요릭 (노래한다) 젊은 날에 사랑하고 사랑했다네. 참으로 감미로운 시절이었지. 시간을, 오! 제멋대로, 아! 보냈다네. 오! 그것이 최고라 생각했지. 한데 백발이 슬금슬금 다가와, 이 몸을 손아귀에 움켜쥐더니……**

햄릿 그만둬, 요릭, 그 역겨운 고양이 소릴랑. 당장 입 다물어.

요릭 제가 이미 사실대로 말씀드리지 않았나요?

햄릿 됐어. 익살을 좀 부려봐. 그래, 고양이를 주제로. 네놈이 방금 솜씨를 뽐냈던 그 야옹야옹 고양이 말이야.

요릭 (방백) 이제 나는 왕자의 명을 받들어 이 고행을 수행해야 해. (소리내어) 왕자님이 올라타신 이 늙은 개에게는 아직 목숨이 남아 있습니다. 그런데 햄릿 왕자님, 어째서 고양이의 목숨이 아홉 개인지 말씀해보시겠어요?

햄릿 그건 모르지만 왜 고양이의 꼬리가 아홉 개인지는 잘 알아. 그리고 네 수수께끼가 재미있는지 없는지 봐줄 테니 어서 답을 말해봐.

오필리아 (방백) 이 왕자는 제 혓바닥만큼이나 약빠르군. 그러나 가엾은 요릭은 날마다 둔해져가지.

지 내려오지 않는다.

** 『햄릿』 5막 1장에서 광대가 무덤을 파며 부르는 노래.

요릭 그럼 답을 들어보세요. 모든 고양이가 왕을 응시하죠.*
하지만 군주를 바라본다는 것은 그분 손에 목숨을 맡긴다는 뜻이에요. 그리고 손안에 놓인 목숨은 종종 손가락 사이로 미끄러져 흘러내리죠. 자, 햄릿 왕자님, 양손에 있는 틈을 세어보세요. 그러니까, 손가락과 손가락 사이, 그리고 손가락과 손가락 사이, 그리고 손가락과 손가락 사이, 그리고 손가락과 엄지손가락 사이를 말씀드리는 거예요. 세어보면 두 손에 여덟 개의 틈새가 있고, 그곳으로 목숨이 빠져나갈 수 있죠. 그러니까 목숨이 아홉 개 있으면, 적어도 하나는 남게 되죠. 그래서 우리의 고양이, 왕을 지켜보는 고양이는 아홉 개의 목숨을 갖는 거예요.

오필리아 여보, 기발한 발상이에요.

햄릿 자, 이제 춤을 춰! 광대의 역할을 다하라고. 즐거운 지그**를 추자.

요릭 그동안 왕자님은 제 등에 매달려 계실 건가요?

햄릿 그럴 거야. 여기에서, 내가 무얼 바라는지 곰곰이 생각할 거야.

요릭 (춤추며 방백) 햄릿, 너는 바랄 게 없지. 하지만 이 요릭

* '고양이도 왕의 얼굴을 볼 수 있다'라는 영어권 속담에 대한 언급. 하찮은 이에게도 기회는 온다는 뜻이다.

** 몸을 꼿꼿하게 세운 채 발을 재빨리 놀리며 추는 춤. 16~17세기에 잉글랜드 북부와 스코틀랜드에서 유행했다.

은 네가 모자란 아이라는 걸 알아.

그리고 이 모든 대화는 세공된 코마개를 끼운 채 이루어진다. 광대의 콧구멍뿐 아니라 왕자의 콧구멍에도! 요람에서 울고 있는 아이는, 햄릿의 채찍이 휙휙, 쉭쉭 허공을 가르며, 춤추는 두 발 달린 말을 독려하는 소리 때문에 보채기도 하지만, 그에 못지않게 제 코에 끼워진 마개 때문에도 칭얼댄다. 왕자가 그토록 격분한 까닭은 무엇일까? 확실히 왕자는 오필리아를 미워한다. 하지만 왜? 오필리아가 돌풍 같은 구취를 뿜어대서? 오필리아가 그녀의 속눈썹에 홀딱 빠진 광대를 쥐락펴락해서? 아니면 오필리아의 원피스 속 그 부풀어오른 봉오리, 그 몸뚱이를 왕자가 제 마음대로 하지 못해서? 일곱 살배기 암레투스 왕자는 그녀 안에 있는 무언가 때문에 불안하지만, 그것이 무엇인지 명명할 수가 없다. 그래서 어린애다운 걱정이 미움으로 변한다.

어쩌면 셋 다일 수도 있다. 악취. 요릭의 마음을 훔친 죄. 광대라면 다들 제 마음이 왕자의 소유라는 사실을 알고 있으며, 더군다나 광대가 아니면 어느 누가 왕자에게 마음을 내주겠는가? 그리고, 그렇지, 아름다움까지. 그중 하나를 선택할 필요는 없다. 게걸스레 이해력을 넓혀서 이 셋을 통째로 삼키도록 하자.

햄릿에게 지나치게 가혹한 비판은 삼가야 한다. 햄릿은 외로운 아이인지라, 요릭에게서 하인의 모습뿐 아니라 아버지의 모습, 즉 최고로 완벽한 아버지상을 보았다. 왜냐하면 모든 아들은 제 아버지를 노예로 삼고 싶어하기 때문이다. 해쓱한 왕자는, 노래하고 농담하고 춤추는 요릭에게서 유순한 호르벤딜루스를 본다. 햄릿은 엄마 치마폭에 싸인 나약한 아이였다.

독피지 부근, 그러니까 그 위의 잉크, 아니, 더 정확하게는 펜을 쥐고 있는 손을 말하려는 것인데, 하지만 그 손은 오래전에 생명을 잃었고, 고인에 대해 험담을 해서는 안 된다. 오, □□□□□□□□□□여! 내가 하고 싶은 말은, 광대의 육신에 저질러진 왕자의 모든 악행을 섬뜩한 부분까지 상세하게 늘어놓으면서 글이 장황해지기 시작한다는 것이다. 광대의 엉덩짝에 찍힌 왕족의 신발 자국을 설명하기 위해서, 그 원인과 결과, 자국의 위치, 옷차림, 부수적인 환경(비, 해, 천둥 치는 날씨, 우박, 그리고 다른 자연 현상, 또는 포학한 생리 현상으로 인해 자리를 비운 햄릿의 어머니), 그리고 곱드러지는 광대의 모습, 광대가 코로 들이받은 잔디밭의 상태, 그 결과 빠져버린 코마개를 수색하는 과정까지 조목조목 기재하다니. 간단히 말해서, 가장 한탄스러운 것은 간결성의 부족인데, 여기에서 우리는 지체 없이 그 부분을 바로잡아야 한다. 논지가 잘 전달되었으리라 생각한다. 더 자세히 논한다면, 그건 막대기와 채찍과 정체불명의 물건들로 요릭을 가격한 왕자와 맞먹는 짓이 될 것이다. 그리고 (우리가 왕자도 아니면서) 경솔하게 우리의 독자를 광대 취급하는 꼴이 될 것이다. (그리고 우리가 왕자도 아닌데, 내가 새롭게 스며든 이 '우리'라는 단어에, 대담하게 내 문장 틈으로 끼어든 이 현란한 복수형에 무슨 볼일이 있겠는가? 그 낱말을 떼어버리자! 평범함으로 돌아가자. 키클롭스의 외눈 같은 일인칭

단수 'I' 때문에 평범할 리야 없겠지만.)

일화 하나면 충분할 것이다:

햄릿은 요릭에게 올라타 있는 동안 채찍으로 광대의 뺨에 있는 살의 장막을 갈라서, 그 뒤에 있는 뼈의 무대를 드러내 보여주었다. 햄릿은 감수성이 예민한 왕자였던 모양이다. 어깨에 올라탄 채, 유혈이 낭자한 모습을 보자 속이 울렁거렸다. 독자여, 덴마크 왕자는 머리뼈를 처음 본 순간, 요릭의 대롱거리는 모자에 질펀하게 토했다.

지금껏 나는 개인의 품성에 대한 민감한 이야기를 하면서, 섬세한 심리학적 분석과 구체적인 세부사항을 많이 덧붙이려고 노력했다. 하지만 이제 내 글에서 귀족 사회에 대한 이야기를 더는 배제할 수 없는데, 비극으로 끝나는 것은 모두 정치에서 시작되기 때문이다. (이 사실은 별반 놀랍지도 않을 것이다.)

전설 속 엘시노어 성의 연회를 상상해보라. 수퇘지 머리, 양 눈알, 통닭 꽁무니, 거위 가슴, 송아지 간, 소 위장, 생선 알, 사슴 뒷다리, 돼지 족발. (이것이 바로 식탁의 해부도다. 몇몇 요리를 모아서 한 마리의 식용동물을 만든다면, 히포그리프*나 이크티오켄타우로스**보다 더 기묘한 괴물이 탄생할 것이다!) 오늘밤에 호르벤딜루스와 아내 거트루드는 포틴브라스에게 성찬을 대접하고 있다.

---

* 말의 몸에 독수리 머리와 날개가 달린 상상 속의 동물.

** 그리스신화 속 바다 종족. 상반신은 인간의 모습, 하반신은 물고기와 말을 섞어 놓은 모습이다.

그들은 포틴브라스의 영토적 탐욕을 가라앉히기 위해, 매한가지로 팽창을 좋아하는 그의 위장을 채워주고 있는데, 후자는 위에 언급된 신화적 괴물의 도살만을 요구하기 때문에, 전쟁보다 더 적절하고 확실히 더 맛깔스러운 전략이다.

이토록 엄청나게 다양하고 굉장히 불가사의한 짐승들의 절단된 사지가 식탁 위에 그득히 놓여 있는 광경 가운데, '포'가 거대한 칠면조 머리에 사슴뿔, 비늘투성이 배에 털북숭이 다리, 그리고 그 밑에 기이하게 접합된 발굽을 지닌 한 마리의 온전한 합성 야수를 마음의 눈으로 상상하고서, 그렇게 사나운 짐승을 도륙할 수 있을 정도로 강력한 사냥꾼 종족과 덴마크의 전장에서 맞붙게 될 일을 두려워하며 싸움에 대한 모든 의욕을 잃고, 그리하여 덴마크 자체에 대한 갈망을 상실하는 일이 일어날 성싶기도 하지 않은가?

뭐, 그런 건 중요치 않다. 내가 연회 장면에서 이토록 뭉그적대는 까닭은 거트루드가, 각종 음식에 둘러싸인 채 외교로 지나치게 분주한 이 왕비가, 왜 위층에 올라가서 아들에게 잘 자라고 말해줄 수 없는지를 설명하기 위해서다.

나는 침대에서 잠 못 이루는 햄릿의 모습을 여러분에게 보여주어야 하지만, 부재를 묘사할 수 있는 사람이 어디에 있겠는가? 그러니까, 잠의 부재, 엄마가 뺨에 해주는 입맞춤의 부재를 말이다. 왜냐하면 입맞춤을 받지 못한 뺨은 어떠한 접촉도 바라지 않는 뺨과 모든 면에서 유사하고, 어린이용 침대에 가로누워 배신감과 그 외 불면증 특유의 여러 흥분 상태에 사로잡혀 있는 사내아이는 벼

룩에 들볶이는 아이로, 혹은 고열에 시달리는 아이로, 혹은 어른들의 식탁에서 쫓겨나 앵돌아진 아이로, 혹은 이 직물의 바다에서 수영 연습을 하는 아이로, 혹은 G—*만이 알 다른 무언가로 오인될 수도 있다. 그러나 잘 알려져 있듯 부재는 사람의 마음을 더욱 애틋하게 만든다. 그래서 암레투스는 자리에서 일어나 다음과 같이 까치발로 복도를 걸어내려간다. (각각의 점은 발끝과 바닥이 한 차례 접촉하는 순간을 나타낸다.)

...../...../...../...../...../ 기타 등등

그리고 (최대한 빠르게) 거트루드의 침실에 도착해서 급히 안으로 들어가더니, 제 빰이 놓친 것을 받아내기 위해 그곳에서 엄마를 기다리기로 결심한다. 엄마로부터 망각의 입맞춤을 받고 나면, 아이는 잠들 수 있을 것이다.

(나중에 밝혀지겠지만 이것은 치명적인 계획이었다.)

그리고 이제 나는 뒤이어 일어난 일들을 무언극으로 제시할까 한다. (내 글에 부여된 좀스러운 할당량이 이야기가 다 끝나기 전에 모두 동날지도 모른다. 그래서 내 앞선 수다스러움을 상쇄하기 위해, 등장인물들은 이야기의 비극적 내용에 전혀 어울리지 않는 가속장치들을 활용해서 여러 동작과 극적인 장면들을 허겁지겁 해치워야 할지도 모른다. 하지만 달리 도리가 없다. 현대의 내 어리석은 장황함 때문에 옛사람들은 광대가 되어야 한다. 그리하여, 필

* 신(God)이나 거트루드(Gertrude) 둘 다를 의미할 수 있다.

연적인 최후를 향해 허둥대다가, 우리 모두는 '요릭'이 된다.)

겁에 질린 햄릿: 문에서 목소리가 들린다! 엄마의 목소리뿐 아니라, 웬 험악한 술주정뱅이의 목소리까지! 빨리 숨어! 하지만 어디로? 저 벽걸이 융단으로, 지체할 시간이 없어! 햄릿이 숨는다. (그리하여, 세평에 따르면 훗날 햄릿이 저 자신을, 이곳에 숨어 있던 어린 자아의 기억을 도살했다고 한다. 백발의 폴로니어스*로 형상화된 자신의 기억을.)

오, 햄릿이 무슨 소리를 듣고 있을까! 남자가 끙끙대고 으르렁댄다! 엄마가 꽥꽥대고 깍깍댄다! 아, 가녀린 어미의 비명! 누가 왕비를 위협하는가? 용감하게도, 왕자가 벽걸이 가장자리로 눈을 내밀고 살펴보니……

…… 아버지가 아내에게 난폭하게 달려든다. 돼지처럼 킁킁대는 호르벤딜로 밑에서 거트루드 왕비가 헐떡이며 팔다리를 휘적댄다. 그다음, 고요가 찾아들고, 햄릿의 귀에 엄마의 숨소리는 마치 목구멍이 막힌 듯 거칠게만 들린다.

왕자는 엄마의 음성에서 죽음을 감지하고, 일곱 살배기의 명민함으로 아버지가 살인을 저지르려 한다고 이해한다.

이제 햄릿이 뛰어나간다!

"그만둬요! 그만두시라고요!"

아버지가 펄쩍 물러난다. 엄마가 손으로 급히 목을 감싸며, 교살

---

* 『햄릿』에 등장하는 덴마크의 재상이자 오필리아의 아버지. 벽걸이 융단 뒤에서 거트루드 왕비와 햄릿의 대화를 엿듣다가 햄릿의 칼에 찔려 사망한다.

에 대한 햄릿의 우려를 입증해준다.

상황이 아주 명백하기에, 암레투스는 자부한다. '내가 엄마의 목숨을 구했어.' 하지만 술에 취한 호르벤딜루스는 아들을 붙잡아서, 때리고, 후려치고, 그런 다음에 또다시 때린다. 그 구타가 기이하게도 왕자의 피부 속으로 무언가를 때려넣었다. 사실 체벌의 본질은 대부분 때려서 악을 내쫓는 것임에도.

무엇이 들어가 박혔을까? 글쎄, 증오, 그리고 복수라는 어두운 망상.

홀로 남은 햄릿: 하지만 나는 햄릿의 독백을 더 솜씨 좋은 문필가에게 맡기려 한다. 내 독피지는 햄릿이 맞아서 부르튼 채로 방에 갇혀 느꼈던 감정에 대해 침묵한다. 독자는 햄릿의 행동을 통해 그 아이의 생각을 추론해야 한다.

당신이 원한다면, 햄릿이 겁에 질려 있다고 생각해도 좋다. 햄릿의 눈앞에서 어른대는 호르벤딜루스의 환영이 왕비의 숨줄을 옥죄고 있다. 암레투스는 공포로 헛것을 보게 된바, 무시무시한 허깨비가 거트루드 왕비를 천 번도 넘게 살육하는 모습을 목도하는데, 그 허깨비가 지금은 욕조 속 왕비에게 달려들어 그녀를 질식시키고 있으며 (왕비의 입술 위에서 비누 거품이 잦아든다), 또 지금은 거울 앞에서 왕비를 교살하고 있는데, 그로 인해 왕비는 어쩔 수 없이 자신의 종말을 지켜봐야 한다.

독자여, 햄릿의 망상을 보라. 햄릿의 눈을 통해 호르벤딜루스의 기괴한 환영을, 엄마의 목을 움켜쥔 그 손가락들을 바라보라.

정원과 주방과 무도회장과 묘목 저장고에서, 의자와 침대와 탁자와 바닥에서, 사람들이 있는 곳에서, 없는 곳에서, 낮에, 밤에, 오찬 전에, 후에, 왕비가 노래할 때, 침묵할 때, 옷을 입었을 때, 벗었을 때, 배 안에서, 말 위에서, 왕좌에서, 요강 위에서…… 그리하면 당신은 왜 왕자가 자신의 최근 '구조 행위'를 가슴앓이의 끝이 아닌 시작으로 생각하는지, 왜 왕자가 자신의 두려움에 영원한 종지부를 찍고자 머리를 쥐어짜는지 이해하게 될 것이다. 그리하여 하나의 음모가 탄생하는데, 미움에서 비롯된 절박함이 그것을 잉태하고, 왕자의 궁둥이를 얼얼하게 하던 국왕의 채찍이 그 씨를 뿌렸다. 까닭인즉슨, 요릭 놀이 중에 햄릿이 광대에게 자주 그러듯, 국왕 또한 햄릿의 볼기짝에 채찍을 휘두르곤 했던 것이다.

그리고 음모는 요릭을 중심으로 수렴되기 시작한다. 원한에 사무친 햄릿은 광대를 복수의 도구로 이용하려 한다.

이제 당신은 두 개의 증오가 합쳐지는 모습을 보게 될 것이다. 햄릿의 성난 머릿속에서 분노가 오필리아와 왕을 결합(결혼이라고 말하는 편이 낫겠다)시킨다. 햄릿은 자신의 맹렬한 노여움을 돌팔매 삼아 그 두 마리 새를 한꺼번에 잡을 방법을 알고 있다. (햄릿은 메두사와 같은 노여움으로 요릭의 살덩이를 죽음의 화강암으로 바꾸어놓을 수도 있기 때문이다.)

그리고 마침내 당신은 애송이 왕자가 방안 여기저기를 걷고 또 걸으며, 두 입술로 불길한 수수께끼를 뚝뚝 흘리는 소리를 듣게 된다.

"액체도 아니고 고체도 아니고 기체도 아니고,

맛도 없고 냄새도 없고 실체도 없어.

좋은 것으로도 나쁜 것으로도 변할 수 있어.
이걸 귀에 쏟아부으면 목숨을 빼앗을 수도 있어."

자, 독자여, 축하한다. (나는 이 구절을 시작하면서 침묵하겠다고 맹세했기에) 이 모든 암울한 가정을 내놓은 당신의 상상력은 분명 내 것보다 창의적이고 설득적이다.

당신이 아주 훌륭하고 아주 정확하게 추측해준 덕분에 내 일이 몹시 간단해졌다. 이제, 요릭과 습관적으로 요릭의 등에 올라타 있는 햄릿, 그 둘을 엘시노어 성의 망대에 데려다놓는 일만 남았다. 그곳에서 꼬마 왕자는 마법의 독을 요릭의 귀에 쏟아붓고 광대는 어리석은 망상에 빠져든다.

당신도 이미 다 알고 있을 테지만, 살아 있는 햄릿의 아버지가 환영으로 나타나 가엾은 요릭을 괴롭힌다. 그리고 독액이 또다른 허깨비를 만들어내는데, 바로 요릭의 아내 오필리아가 흐트러진 옷매무새로, 반투명하게 빛나는 심령체 속에서 왕의 몸뚱이와 뒤엉켜 있다!

왕자의 독이 무엇이었을까?

수수께끼를 풀기만 하라, 독자여. 그리하면 알게 되리라…… 저런, 괜찮다. 내가 그대를 위해 수수께끼를 풀어주리니. 그것은 말이었다.

오, 가장 치명적인 독! 매우 음험하지만 실체가 없으며 어떠한 해독제도 듣지 않는다. 솔직히 말하자면, 햄릿이 아버지의 광대에게 설명하기를 호르벤딜루스와 오필리아가, 요릭 부인과 왕이……

아니, 실상 아무 일도 일어나지 않았으니 그 끔찍한 짓거리를 입에 올려서는 아니 되리라! 그리고 어쩌면 (이 부분에서 독피지가 오래된 눈물 혹은 다른 소금기 섞인 액체로 얼룩져 있다) 그 잔인한 아이가 '증거물'도 들이밀지 않았을까? 가짜 연서戀書에 감싸인 금 코마개 한 쌍? 아니면 손수건? 상관없다. 이미 일은 벌어졌고, 요릭은 어느 모로 보나 어릿광대다. 직업상 언제나 광대였고, 왕자에게 속아넘어감으로써 재차 얼간이가 되었으며, (연인의 눈에 자신이 바보로 비쳤다고 생각하니) 제 눈에도 자신이 멍청이로 보였는데, 귀 사이에 돋아난 두 뿔 때문에 외모 또한 아주 우둔한 멍청이 그 자체였다.*

진짜 웃음가마리가 되면, 정말 기이하게도, 그리고 여기에 문제의 어두운 핵심이 있는데, 직업 광대의 특권을 희생하게 된다. 어릿광대란 대중의 용인하에 지혜를 논함으로써 뭇사람들을 웃게 만들던 특이한 유형의 웃음가마리였다. 사실 광대란 어떠한 상황에서도 우스운 방울들을 딸랑대며 침착함을 잃지 말아야 한다. 그렇다, 광대들은 시계처럼 지혜로워 무슨 일에든 때를 알았다. 하지만 이렇게 시계처럼 움직이던 요릭은 이제 방향을 바꾼다. 그는 왕자에게 놀아나 진짜로 광대놀음을 시작하는데, 진심으로 고함치고 포효하면서, 질투에 사로잡힌 배우자의 역할을 지독히도 진지하게 수행한다.

그것이 바로 햄릿의 의도였다. 광대를 치명적인 어리석음으로

* 유럽에서는 아내가 간음하면 남편의 머리에 뿔이 돋는다는 이야기가 전해진다.

몰아넣는 것. 앞서 말했듯이 햄릿은 광대를 익살맞은 제2의 아버지로 여겼다. 그 대리 아버지가 이제 독설로 인해 왕실의 아비에게 대항하게 된다.

나머지 이야기:

호르벤딜루스가 자신의 겟세마네 동산*에서 홀로 잠을 잔다. 요릭이 저주받은 헤보나 독즙이 든 작은 유리병을 가지고 등장한다. 기상천외하게도, 햄릿이 요릭의 귀에 쏟아부었던 독이 그 유리병 속에 응결된 모양이다. 그 독이 병에서 왕의 귀로 옮겨간다. 그로써 호르벤딜루스는 사망한다. 한편 오필리아는 요릭에게 비난과 냉대를 받고 실성해서, 화려한 광기 속에 궁전을 떠돌아다니다가 결국 비탄에 빠져 죽는다. 클로디어스는 실성한 오필리아를 보고 단서를 얻어 범죄를 적발해내고, 요릭은 참수형에 처해지며 그것으로 끝.

하지만 바로 여기에서 어떤 불가사의, 어떤 미지의 손길이 작용한다! 이름 모를 누군가가 참수된 머리를 수습한다. 그리고 필요한 뇌물과 귓속말을 총동원하여 비밀리에 머리가 거기에 묻히도록 획책하는데, 몇 년이 흐른 뒤에 왕자는 그곳에서 뼈만 남아 빙글대는 죄책감과 맞닥뜨리게 된다. 그리하여 정체불명의 어떤 익살꾼이, 광대의 무모한 재담을 좋아했던 어떤 애호가가 요릭의 버려진 머리를 (뜻밖에도) 정말 '죽여주는' 오락물로 변모시킨다.

---

* 예루살렘 동쪽, 감람산 기슭에 있는 동산. 예수가 십자가에 매달리기 전날 밤에 최후의 기도를 올린 곳이다.

빠라 밤, 빠라 밤, 빠라 빠라 밤…… 독자여, 시간은 흐르고, 우리는 손가락으로 북을 치든, 잠을 자든, 연애를 하든, 소시지 다발을 먹든, 각자 좋을 대로 달콤하게 시간을 보낸다. 내 버릇은 콧노래를 흥얼대는 것인데, 그래서 빰 빰 빠라 밤. (만약 이 곡조가 짜증스럽다면, 저기 다른 곳으로 가서 시간을 보내시오. 자유란 훈련되지 않으면 약해지고 늘어지는 스패니얼이니 당신의 개를 훈련시키시오, 선생. 그게 비법이라오.)

자, 오랜 시간이 지난 후에 현장으로 돌아갔다고 치자. 지금 우리가 보고 있는 이것은 무엇인가? 요릭은 아니다. 그는 죽었다. 그렇다면, '요릭의 유령'. 그가 살아 있는 사람들 앞에 출몰하는 모양인데, 그렇다면 우리는 그를 도깨비 재담가라고 불러도 좋으리라. 독자여, 엘시노어 성에서 얼마나 많은 일들이 잘못되었던가!

거트루드는 아들에 의해 자비로운 첫 남편에게서 무자비하게 구조되었으나 오랫동안 줄곧 애통해했고, 그사이 클로디어스가 나라를 통치했다. (사실, 이 부분에서 내 이야기는 대가 섁포 선생의 기록과 다르고, 나는 적어도 위대한 독백 하나를 망쳐놓았다. 변명은 하지 않겠지만, 실상은 이러하다. 이러한 사안은 유구한 세월에 가려져서 무엇 하나 확실한 것이 없다. 그러니 이야기가 여러 형태로 공존하도록 내버려두자. 선택할 필요는 없다. 아니면 이럴 수도 있다. 거트루드 왕비가 마침내 클로디어스와 결혼을 하자, 햄릿은 마음이 산란해져서 그동안 흘러간 세월을 콘서티나*처럼 짜부라뜨려 한데 뒤섞고 압축해버렸다. 그래서 햄릿에게는 아동기, 소년기, 청년기가 두 달 만에 모두 지나간 것 같았다[아니, 두 달이나 걸리지도 않았다]…… 그리고 이 가설은 아주 그럴듯한데, 그 시간들은 내가 빠라 밤 하고 노래하던 잠깐 새에 흘러가버리지 않았을까? 아니면 당신이 자유, 그러니까 스패니얼 암캐를 산책시키던 짧은 순간에 지나가버리지 않았을까? 음, 그렇다면 당신은 반박할 수 없는 경우의 수를 하나도 아닌 두 개나 갖게 된다. 그리고 그걸로 만족했으면 좋겠다.)

앞서 말했듯이, 거트루드는 결혼을 한다! 그리고 이제 죽은 요릭의 질투심은 광대의 시신에서 쫓겨나 새로운 집을 찾다가 햄릿에게서 안식처를 발견한다. 그 결과 햄릿은 또다시 음모를 꾸미는데, 그로 인해 필시 클로디어스 왕은 형을 살해한 죄로 비난받고, 요릭의 처형은 속임수이자 진상을 감추기 위한 벽걸이 융단이었다고 날조될 것이다. 그리하여 살인의 망령이 다시금 되살아나고, 햄릿은 제밀할 격정에 사로잡혀, 엘시노어 성의 흉벽을 거니는 망령을 목격하게 된다.

하지만 이 유령은 햄릿 자신의 이름을 가지고 있다. 그로 인해, 밀고자였던 왕자는 이제 비난을 받게 된다. 햄릿은 자신이 저지른 범죄의 환영에 홀려 이성을 잃기 시작한다. 그리고 주지의 사실처럼, 제 연인 오필리아에게 치졸하게 군다. 햄릿의 망가져가는 뇌는 제 연인을 광대의 악취 나던 아내, 그 누명 쓴 여인에 대한 참기 힘든 기억과 혼동한다. 그리고 한때 말을 독으로 바꿨던 왕자는 마침

* 아코디언과 비슷한 육각형 악기.

내 독배를 마시고…… 그런 다음 장송행진곡, 그리고 생자들의 행렬. 늙은 포틴브라스는 너무 오랫동안 식사에 초대받지 못했기에, 덴마크를 게걸스레 꿀꺽한다.

요릭의 아이는 살아남아서, 가족의 비극이 벌어진 현장을 떠난다. 그후 서에서 동으로 그리고 다시 서로 세상을 떠돌며 머나먼 땅에 자신의 씨앗을 뿌린다. 그리하여 다양한 피부색의 후손이 뒤따르고, (이제야 밝히지만) 여기 이 미천한 작가에게서 끝을 맺는다. 이로써 그의 가계가 밝혀지겠지만, 이 가련한 혈통 전체가 공유한 최대 약점은 특정한 종류의 이야기를 전하는 데 매우 적합한데, 식자들은 그러한 이야기를 수탉스럽고도 황소스럽다고 한다.

그리고 이러한 수탉과 황소 이야기*는 이 마지막 고백으로 완전히 끝을 맺는다.

* 영어에서 황당무계한 이야기를 일컬을 때 사용하는 표현.

루비구두
경매에서

AT THE AUCTION
OF THE RUBY SLIPPERS

마법 구두 경매에 모인 입찰자들은 평상시의 경매장 방문객과 유사점이 거의 없다. 경매사競賣士들은 이 행사를 널리 홍보했으며 모든 참가자에 대비가 되어 있다. 사람들이 더러 위험을 무릅쓰고 밖으로 나오기는 하지만, 요즘에는 그마저도 드물다. 그럼에도 불구하고 경매사들은 틀림없이 이 귀한 물건이 사람들을 은신처에서 끄집어내리라 믿었다. 흥분 상태가 예상된다. 그래서 경매사들은 한층 저명한 인사들의 편리와 안전을 위해 일반적인 편의 시설을 마련해두었으며, 그 외에도 육체적 병자들을 위해 대기실과 화장실에 특대 청동 타구唾具를 설치했고, 심리적 병자들을 상담하기 위해 다양한 분야의 정신과 의사들을 네오고딕 양식의 고해실에 배치했으며, 고해실의 위치 또한 전략적으로 배정했다.

오늘날 우리는 대부분 병들었다.

경매장에 사제는 없다. 경매사들이 그렇게 선을 그었다. 사제들은 인근의 다른 건물, 본인들에게 익숙한 건물에 남아서, 돌연한 심령현상이나 도를 넘는 광기를 처리하려고 기다리고 있다.

흥분으로 예기치 못한 탄생이나 죽음이 야기될 경우를 대비해서 산과 전문의들과 헬멧을 착용한 경찰 특수기동대들이 옆 골목에 숨어서 대기하고 있다. 최근친의 명단이 작성되고 그들의 전화번호가 기재되었다. 구속복이 비축되었다.

보라. 방탄유리 저편에서 루비구두가 반짝인다. 우리는 구두가 가진 능력의 한계를 알지 못한다. 우리는 그러한 한계가 존재하지 않을지도 모른다고 생각한다.

유명 영화배우들이 입찰자들 틈에 끼어서 경매장에 반짝반짝 윤나는 오라를 더한다. 응용심령학의 대가들과 협력하여 밝혀낸 바에 따르면, 유명 영화배우들의 오라는 백금색, 금색, 은색, 동색이다. 특정 장르의 악역 전문 배우들은 악의 오라로 둘러싸여 있는데, 그들의 오라는 암녹색, 겨자색, 흑적색이다. 누군가가 영화배우의 고귀한 (그리고 연약한) 오라에 부딪칠라치면, 보안팀이 즉시 그 사람을 바닥에 때려눕히고 밖에서 대기중인 범인 호송차에 난폭하게 처넣는다. 그런 사건들 덕에 그랜드 경매장의 혼잡이 다소나마 완화된다.

당연히 수집품 중독자들도 대거 몰려들었는데, 그중 한 여자가 머리를 푹 수그리며 투명한 구두상자에 필사적으로 입술을 가져다 대자, 최첨단 방어 시스템이 작동한다. 프로그래머들이 그러한 흠모 행위는 비교적 무해하다는 사실을 프로그램에 입력해놓지 않은 탓에, 시스템은 유리에 입을 맞춘 여자의 콜라겐 주입된 입술에 십만 볼트의 전기를 흘려보내고, 그로써 경매 행사에 대한 여자의 관심은 끝이 난다.

그 순간 역한 냄새가 나지만, 또다른 애호가의 동일한 자살적 헌신 행위를 막지는 못한다. 이 멍청이가 첫번째 사망자의 연인이라는 사실이 알려졌을 때, 우리는 사랑이라는 불가사의에 다소 놀라면서도, 다시금 향긋한 손수건에 손을 뻗는다.

루비구두 숭배 열기가 절정에 달한다. 가장무도회가 한창 무르익는다. 마법사, 사자, 허수아비는 흔하다. 그들은 샐쭉하게 자리다툼을 벌이며 서로의 발을 밟는다. 의상이 유달리 불편하기 때문에, 양철나무꾼은 드물다. 마녀들이 그랜드 경매장의 발코니와 복도에서 때를 기다린다. 대개 마녀는 신용등급이 높고 이무깃돌 같은 생활을 한다. 토토들이 한쪽 구석을 완전히 장악했으며, 그중 몇몇이 열광적으로 교미를 한다. 대중의 감정이 상하지 않도록, 고무장갑을 낀 관리인이 그들을 떼어놓는다. 관리인은 대단히 섬세하고 감각적으로 그 일을 수행한다.

우리 대중은 쉽게 치명적인 불쾌감을 느낀다. 우리는 화내는 것을 기본권으로 여기게 되었다. 자신의 분노보다 중요한 것은 거의 없으므로, 우리는 분노가 우리에게 도덕적 우위를 부여한다고 생각한다. 이러한 도덕적 우위를 근거로, 우리는 적들을 총으로 쏘아서 대량의 사망자를 낼 수도 있다. 우리는 스스로의 성마름을 자랑스러워한다. 우리의 노여움은 존엄성과 초월성을 갖는다.

자, 루비 장식 구두가 자리한 성지 주변에 침 웅덩이들이 형성되고 있다. 자제력이 부족해서 침을 흘리는 사람들이 있다. 오버올을 입은 라틴계 관리인이 한 손에는 양동이를, 그리고 다른 손에는 대걸레를 들고 우리들 사이사이를 돌아다닌다. 우리는 그의 조심스러운 태도에 감탄하고 감사한다. 그는 우리 쪽 체면을 전혀 손상시키지 않으면서 바닥에서 타액을 제거한다.

니체 철학과 상대성이론에 입각한 세계에서는 진정한 기적을 접할 기회가 제한된다. 행동주의 철학자와 양자물리학자들이 마법 구두 주변을 가득 메우고 있다. 그들은 해독하기 어려운 메모를 작성한다.

망명자들, 온갖 종류의 쫓겨난 사람들, 심지어는 집 없는 부랑자들까지 그 귀물貴物을 일견하러 나타났다. 그들은 지하 구덩이에서 기어나와, 바주카포 부대, 우지 기관단총으로 무장한 채 크랙이나 헤로인이나 코카인에 취해 있는 갱들, 밀수업자들, 퇴거 집행자들과 용감하게 대면했다. 악취 나는 삼베 판초를 걸친 부랑자들이 거대한 유카* 화분에 요란하게 가래를 뱉는다. 그들은 일류 웨이터들이 최상급 손바닥 위에 받쳐든 쟁반에서 카나페를 한 움큼 움켜쥔다. 그들은 초밥에 굉장한 분량의 고추냉이를 곁들여 먹는다. 고추냉이의 자극성에도 떠돌이들의 내장은 끄떡없는 모양이다. 특수기동대가 소환되어 고무탄과 진정제 화살을 사용해 짧은 교전을 벌인 후에, 부랑자들을 인사불성이 될 때까지 곤봉으로 두들겨팬 다음 차에 싣고 사라진다. 부랑자들은 시의 경계에서 약간 벗어난 지역, 이제는 우리가 감히 접근하지 못하는 그곳, 거대한 광고판에 둘러싸여 연기를 내뿜는 황무지에 버려질 것이다. 들개들이 오찬을 갈망하며 그들 주위에 모여들 것이다. 지금은 타협이 없는 시대다.

정치적 망명자들이 경매에 나타났다. 음모 가담자, 폐위된 군주, 패주한 파벌, 시인, 산적 두목 들. 그러한 인물들은 이제 검정 베레모와 도수 높은 안경, 온몸을 감싸는 두툼한 구식 외투 대신에 품이 넉넉한 실크 재킷과 일본 유명 디자이너의 하이웨이스트 판탈롱을 입고서 멋진 자세를 취한다. 여성들이 자랑스레 걸쳐 입은 투우사 재킷에는 스팽글로 위대한 미술품들이 재현되어 있다. 어느 미인의 등에는 〈게르니카〉가 전시되어 있고, 또다른 미인들의 옷에서는 프란시스코 고야의 '전쟁의 참화' 연작 판화들이 반짝반짝 빛나고 있다.

여성 망명자들의 휘황한 의상이 눈부신 빛을 발하고 있지만, 루

---

* 용설란과의 여러해살이풀.

비구두의 광채를 가리기에는 역부족이다. 그들은 남성 동지들과 삼삼오오 옹기종기 모여서 쉬쉬대며, 주기적으로 욕설과 고형 잉크, 씹어서 뭉친 종이, 종이 화살을 응접실 저편에 있는 상대편 망명자 무리에게 퍼붓는다. 출구에 있는 경비원들이 한가로이 생가죽 채찍을 휘두르자 정치범들이 자제력을 발휘한다.

우리가 루비구두를 숭배하는 까닭은 그 구두가 마녀로부터 우리를 안전하게 지켜주리라고 (그리고 요즘에는 우리가 아주 많은 마법사에게 뒤쫓기고 있다고) 믿기 때문이다. 또한 그 구두가 복원 능력을 가지고 있기 때문이기도 한데, 이제 우리는 정상 상태가 존재한다는 믿음을 거의 잃어버렸지만, 구두는 우리가 정상 상태에서 벗어났다고 단언하면서 우리를 제자리로 되돌려놓겠다고 약속한다. 게다가 그 구두가 신들의 신발처럼 반짝이기 때문이다.

종교적 근본주의자들이 구두 숭배를 반대하는 논평을 내놓았으나, 극단적 자유주의 성향의 일부 경매사들이 고상한 경매장이란 포용적이고 개방적이고 관대한 성전이어야 한다고 주장하며 그들의 입장入場을 허락했다. 근본주의자들은 그 마법 신발을 불사르기 위해 그것을 구매할 의향이 있다고 공공연하게 말해왔고, 자유주의적인 경매인들의 관점에서 보면, 이는 비난받을 만한 계획이 아니다. 만약 편협성이 용인되지 않는다면 관용이 무슨 가치가 있겠는가? "돈은 민주주의를 요구한다. 모든 이의 현금은 동일한 가치를 지닌다"라고 자유주의적인 경매사들이 역설한다. 근본주의자들이 특별히 축성祝聖된 나무로 지은 연단에서 맹렬한 비난을 쏟아낸다. 사람들이 그들을 무시하지만, 참석한 몇몇 원로들은 개미구멍이 큰 둑을 무너뜨리는 법이라고 불길하게 이야기한다.

고아들은 루비구두가 공간뿐 아니라 시간을 뛰어넘어 자신들을 과거로 데려다줄지도 모른다고 기대하며 찾아온다. (여러 방정식이 증명하듯, 공간 이동 기계는 모두 시간 이동 기계이기도 하다.) 그들은 그 유명한 신발 덕분에 돌아가신 부모님과 재회하게 되기를 바란다.

수상쩍은 남자와 여자들도 참석한다. 불가촉천민들, 배척당하는 자들. 경비대는 그들 대다수에게 퉁명스럽게 군다.

'집'이란 현시대의 시련 속에서 산만하고 불완전하고 다의적인 그런 개념이 되었다. 갈구할 것은 아주 많다. 근래에 무지개는 아주 적다. 아무리 마법 신발이라고 해도 과연 얼마나 성심껏 우리의 요구를 들어줄 것인가? 신발이 우리를 집으로 데려다주겠다고 약속하기는 했으되, 그 물건이 '제집 같다'라는 비유를 이해하고, 그런 추상적인 개념을 받아들일 수 있을까? 신발은 직해直解만을 고집할까, 아니면 우리로 하여금 그 신성한 단어의 의미를 재정의하도록 허락할까?

우리가 지나치게 많이 요구하고 바라는 걸까?

우리의 무수한 욕망이 요새를 빠져나와 전기가 흐르는 유리를 향해 마구 몰려들기 때문에, 신발이 옛날 그림 형제의 넙치처럼,

우리의 커져만 가는 요구에 참을성을 잃고서 우리를 불만족스러운 오막살이로 되돌려보내지는 않을까?*

심지어는 상상의 존재들까지 경매장에 등장한다. 19세기 오스트레일리아 화가의 그림 속 아이들이 광대한 오지에서 길을 잃었다며 화려한 금박 액자에서 징징댄다. 파란 덧옷에 발목 양말을 신은 그 아이들은 우림과 붉은 사막을 바라보며 몸서리친다.

어느 문학 작품 속 등장인물도 입찰가를 써 보냈는데, 그는 밀림의 무장한 미치광이에게 영원히 디킨스의 작품들을 읽어주어야 할 운명에 처해 있다.**

텔레비전 화면에서, 어느 외계 생명체가 허약한 모습으로 손끝을 빛낸다.

허구적 존재가 실세계에 침투하는 현상은 새천년 후에 우리의 문명이 도덕적으로 붕괴되고 있다는 징후다. 남자 주인공들이 영사막에서 걸어나와 관객과 결혼을 한다. 그런 일이 영원히 계속되는 것은 아닐까? 더 엄격한 통제가 있어야 하지 않을까? 국가 폭력이 불충분한 것은 아닐까? 우리는 자주 그런 문제에 대해 토론한다. 현실은 이미 훼손되었고 매일 자원이 줄고 있기에, 우리 대다수는 상상의 존재가 마음대로 자유롭게 현실로 넘어오는 것에

* 그림 형제의 동화 「어부와 아내」에서, 마법에 걸려 넙치가 된 왕자는 자신을 살려준 데 대한 보답으로 어부 부부의 소원을 들어주지만, 요구가 과해지자 부부를 가난뱅이로 되돌려놓는다.

** 에벌린 워의 『한줌의 먼지』에 대한 언급.

반대한다. 어쨌든 우리 중에서 반대 방향으로의 이동을 택할 사람은 거의 없을 것이다. (하지만 설득력 있는 보도에 따르면, 최근에 그러한 이주가 증가하고 있다고 한다.)

그러한 논쟁은 잠시 보류하자. 경매가 막 시작되려고 한다.

내 사촌 게일*에 대해, 그리고 사랑을 나눌 때 큰 소리로 신음하는 그녀의 버릇에 대해 말해둘 필요가 있다. 솔직히 말하겠다. 사촌 게일은 과거에도 지금도 내 평생의 사랑이고, 비록 우리가 헤어지기는 했지만 나는 그녀의 에로틱한 요란스러움을 떠올리기만 해도 쉽사리 흥분한다. 그 떠들썩함을 제외하면 우리의 정사는 지극히 평범했으며, 뭐랄까, 허구적인 요소는 전혀 없었다는 사실을 서둘러 덧붙인다. 하지만 나는 우리의 정사에 깊이깊이 만족했고, 삽입의 순간에 그녀가 소리라도 지를라치면 만족감은 더욱 커졌다. "오, 집으로 와! 집으로, 자기, 그래, 이제 집이야!"

유감스럽게도, 어느 날 나는 집에 도착해서, 그녀가 원시인 영화에서 탈출한 털북숭이의 품에 안겨 있는 모습을 목격했다. 나는 그날로 집을 나왔는데, 회오리바람으로 분장한 게일의 사진을 품에 안고, 그동안 수집한 팻 분의 78회전 구식 레코드들을 배낭에 넣어서 등에 메고 거리를 내려오며 눈물을 흘렸다.

벌써 오래전 일이다.

게일에게 버림받은 후 한동안 나는 원한에 사무쳐, 우리의 지인

* 〈오즈의 마법사〉의 주인공 도로시의 성과 같다.

들에게 그녀가 불량 슈팅스틱*과 관련된 사고로 열네 살 나이에 처녀성을 잃었다고 떠벌리고는 했다. 하지만 그런 보복 행위가 주는 만족감이 오래가지는 못했다.

그러한 날들이 지나고, 나는 그녀에 대한 기억에 매달렸다. 나는 그녀의 사원을 비추는 하나의 초가 되었다.

이 결별과 단절의 시간이 흐르고, 나는 내 사랑 게일이 완전히 실존 인물은 아니라는 사실을 깨달았다. 나는 원시인이 없는 대체 우주에서 은밀하고 정교하게 게일과의 삶을 지속하면서, 실재의 게일과 나의 거듭된 상상을 혼동해온 것이다. 하지만 이제 실재의 게일은 내가 닿을 수 없는 곳에서, 감히 입에 올리지도 못할 존재가 되어 지내는지도 모르겠다.

나는 최근에 그녀를 얼핏 보았다. 그녀는 길고 어두운 지하 술집 저편에 앉아, 전장 핵병기로 무장한 특공대 용병들의 호위를 받고 있었다. 카운터에는 폴리네시아 스낵이, 생맥주 통에는 환태평양 지역에서 온 맥주가 있었다. 기린, 칭다오, 스완.

그 당시, 대다수 텔레비전 채널들은 화성에서 발이 묶인 우주비행사의 안타까운 처지를 집중적으로 보도했다. 구조될 가망은 없었고, 음식과 호흡할 공기는 줄어갔다. 공식 대변인들은 우주 탐사 예산의 돌연한 백지화에 대해 설득력 있는 논거를 제시했다. 우리는 그러한 논거가 타당하다고 생각했다. 몇몇 영향력 있는 인사들

* 의자 겸용 지팡이. 손잡이 부분을 양쪽으로 벌리면 그 위에 걸터앉을 수 있다.

은 죽어가는 우주비행사의 모습을 감상적으로 비추는 데 대해 불평했다. 그럼에도 불구하고, 고립된 우주선 내부의 카메라들이 계속해서 우리에게 가슴 아픈 사진들을 전송했다. 그는 절망, 저중력, 가벼워진 죽음 속으로 서서히 빠져들고 있었다.

사촌 게일이 술집의 텔레비전을 시청하는 동안, 나는 그녀를 지켜보았다. 게일은 내가 자신을 지켜보고 있다는 사실도, 내가 그녀를 나의 채널로 선택했다는 사실도 알아차리지 못했다.

다른 행성에 있는 저주받은 사내, 그러니까 텔레비전 속 저주받은 사내가 반쯤 망각된 노래들을 메들리로 엮어서 듣그럽게 부르기 시작했다. 옛날 영화 〈2001: 스페이스 오디세이〉의 죽어가던 컴퓨터 할이 떠올랐다. 할은 플러그가 뽑히는 동안 "데이지, 데이지"라고 노래했다.

이제 그 행성의 영구 거주자가 된 그 화성인은 〈Swanee〉 〈Show Me the Way to Go Home〉* 그리고 영화 〈오즈의 마법사〉에 나오는 노래 몇 곡을 부르며 그 몽롱한 공연을 우리에게 바쳤다. 게일의 두 어깨가 흔들리기 시작했다. 그녀는 울고 있었다.

나는 건너가서 그녀를 달래주지 않았다.

바로 다음날 아침, 나는 곧 열릴 루비구두 경매 소식을 접했고, 그 즉시 가격이 얼마든 그 구두를 사기로 마음먹었다. 내 계획은 단순했다. 나는 매우 겸허하게 마법 신발을 게일에게 바칠 생각이

* 둘 다 귀향에 관한 노래.

었다. 그리고 그녀에게, 원한다면 마법 신발을 신고 화성으로 가서 우주비행사를 지구로 데려오라고 말할 생각이었다.

어쩌면 나는 구두굽을 세 번 맞부딪고서 집보다 좋은 곳은 없다고 중얼거림으로써, 우리의 지난 사랑을 부드럽게 상기시켜 그녀의 마음을 되찾을 수도 있으리라.

나를 필사적이라고 비웃어라. 하! 물에 빠진 사람한테 가서 지푸라기를 붙잡지 말라고 하시지. 죽어가는 우주비행사한테 가서 노래하지 말라고 하시지. 여기에 와서 내 입장이 되어보라. 겁쟁이 사자가 뭐라고 말했더라? 덤벼. 덤벼어어어어. 나는 한 손을 등뒤로 묶고도 싸울 수 있어. 나는 두 눈을 감고도 싸울 수 있어.

겁먹었군, 어? 겁먹었지?

경매사들에게 그랜드 경매장은 지구의 고동치는 심장이다. 오랫동안 이곳에 서 있으면, 세상의 모든 경이로운 것들이 스쳐지나간다. 최근 수년간 그랜드 경매장에서는 타지마할, 자유의 여신상, 알프스산맥, 스핑크스 경매를 진행했다. 사람들이 경매에 참가해서 아내를 팔고 남편을 샀다. 이곳에서 국가 기밀이 최고가 입찰자에게 공공연하게 팔려나갔다. 한번은 경매사들이 아주 특별한 경매를 주재한 적이 있는데, 그들은 극심한 증오로 들끓는 다양한 교파의 붉은 마귀 한 무리에게 모든 계층, 지위, 연령, 인종, 종교에서 폭넓게 엄선된 인간의 영혼들을 판매했다.

온갖 것이 매물로 등장하고, 경매사와 경비견과 특수기동대의 단호하지만 본질적으로 자애로운 감독하에서 우리는 눈치와 지갑의 전투, 신경전에 참가한다.

이곳의 행위에는 순수성이 있다. 어마어마하게 복잡한 삶이 품목별로 포장되어 등장했다가 경매로 팔려나가고, 우리는 그러한 삶을 어마어마하게 단순하게 취급한다. 그리고 그 복잡성과 단순성 사이에 미적으로 만족스러운 긴장감이 존재한다.

우리가 가격을 부르고, 경매인들이 품목을 낙찰하면, 다음 경매가 진행된다.

의사봉의 판결 앞에서 모두가 평등하다. 거리의 화가와 미켈란젤로도, 노예 소녀와 여왕도.

이곳은 수요가 지배하는 법정이다.

지금 사람들이 구두 입찰가를 부르고 있다. 가격이 상승할수록 나의 불쾌감도 상승한다. 극심한 공포가 나를 움켜잡더니, 나를 무너뜨리고, 익사시키고 있다. 나는 다정한 사촌 게일을 생각하며, 두려움에 맞서서 가격을 부른다.

예전에 나는 세계적으로 사랑받았던 팝 가수의 홀아비에게서 그를 대신해 록 음악 수집품 경매에 참석해달라는 요청을 받았다. 그는 아내가 남긴 재산의 유일한 수탁자였고, 유산의 가치는 수천만 파운드에 달했다. 나는 그에게 공손하게 대했다.

"내가 원하는 물품은 단 하나요. 돈은 필요한 만큼 쓰시오." 그가 말했다.

그 물품은 로데오 드라이브(이 이름이 맞는 것 같다)에 위치한 상점에서 오래전에 판매했던 의류 한 점인데, 식용 라이스페이퍼로 만든 박하맛 팬티였다. 내 의뢰인의 죽은 아내는 무대에서 공연을 할 때마다 관객들 앞에서 몇 장의 식용 팬티를 벗어서 그걸 먹었다. 그리고 초콜릿 칩맛, 니커보커 글로리맛, 카사타맛* 따위의 다양한 맛이 나는 팬티 여러 장을 군중에게 투척했다. 관객들도 콘서트의 전반적인 흥분 상태에 휩쓸려 팬티를 게걸스레 먹어치웠는데, 운좋게 팬티를 받은 사람들은 너무도 흥분한 나머지 자신들이 붙잡은 물건의 미래 가치를 고려하지 못했다. 그런고로 그 여자가 실제로 착용했던 속옷은 공급 부족으로 금세 초과수요 상태에 놓이게 되었다.

그 경매는 도쿄, 로스앤젤레스, 파리, 밀라노와 연결된 모니터를 통해서도 입찰을 받았는데, 거액의 입찰이 몹시도 빠르게 밀려들어서, 나는 겁을 집어먹었다. 하지만 내가 의뢰인에게 전화를 걸어서 실패를 고백하자, 그는 너무나 태연하게 최종 입찰가에만 관심을 보였다. 내가 다섯 자리 액수를 말하자, 그가 웃음을 터뜨렸다. 아내가 사망한 날 이후로 그가 그토록 진심으로 기쁘게 웃는 소리를 나는 처음 들었다.

"그렇다면 괜찮소. 나한테 그 물건이 삼십만 개나 있거든." 그가

* 니커보커 글로리는 영국의 아이스크림 디저트의 일종. 카사타는 리코타 치즈와 당 절임 과일로 만드는 이탈리아식 케이크.

말했다.

우리는 우리의 과거, 우리의 미래, 우리의 생명이 지닌 가치를 입증하기 위해 경매사들에게 간다.

루비구두의 가격이 높이높이 치솟고 있다. 입찰자 다수가 대리인일 것이다. 내가 속옷 경매일에 그랬듯, 그리고 요즘에도 아주 자주, 아주 다양한 방식으로 그러듯.

하지만 오늘 나는 그야말로 나 자신을 위해 입찰을 하고 있다.

경매장 밖 거리에서 폭발이 일어난다. 달리는 발소리, 사이렌 소리, 비명 소리가 들린다. 그런 일은 이제 일상이 되었다. 우리는 더 긴박한 상황에 몰입되어, 제자리를 지킨다.

타구들이 가득찼다. 마녀들이 통곡하고, 영화배우들이 변색된 오라를 발산하며 뛰쳐나간다. 비탄에 잠긴 사람들이 정신과 의사들의 진료실 앞에 줄을 선다. 곤봉을 휘두르는 경비원들에게는 할 일이 있지만, 산과 전문의들에게는 아직 할 일이 없다. 질서가 유지된다. 경매장에서 지금까지 입찰에 참가하는 사람은 나뿐이다. 나의 경쟁자들은 모니터 화면의 몸뚱이 없는 머리와 전화선의 들리지 않는 목소리들이다. 나는 영계靈界의 악마와 유령들에 대적해 싸우고 있으며, 전리품은 내 여인의 결혼 승낙이다.

경매가 절정에 이르러 돈이 단지 점수를 기록하는 수단에 지나지 않게 되자, 인정하기 꺼려지는 일이 벌어진다. 내가 지구에서 떨어져나가기 시작한다.

중력 상실, 무게 감소, 우주캡슐 속에서의 힘겨운 부유. 최종 목표가 의식의 경계선을 넘는다. 목표 달성과 우리의 생존은, 그래, 허구가 된다.

그리고 허구는, 내가 앞서 살짝 귀띔했듯, 위험하기 짝이 없다.

허구에 사로잡히면, 우리는 갈망하는 무언가를 얻기 위해 가정을 저당잡히고 자식을 팔아먹을 수도 있다. 혹은 그 유해한 대양을 표류하다가 그냥 욕망에서 멀어질지도 모른다. 멀리서 새로이 바라보면 우리의 욕망은 가볍고 사소해 보일 수 있다. 우리는 욕망을 놓아준다. 그리고 눈보라 속에서 죽어가는 사람들처럼, 눈 속에 누워 잠이 든다.

그렇게 경매라는 호된 시련 속에서 내 사촌 게일은 나에 대한 영향력을 상실한다. 그렇게 나는 입찰에서 탈락하여 집에 가서 곯아떨어진다.

나는 잠에서 깨어나 생기를 되찾고 자유를 느낀다.

다음주에 또다른 경매가 있다. 그때는 족보, 문장紋章, 왕가의 혈통이 판매될 예정인데, 거기에 본인 이름이든 사랑하는 사람의 이름이든 원하는 대로 끼워넣을 수 있다. 개와 고양이의 혈통서도 판매될 것이다. 셰퍼드, 버마고양이, 살루키, 샴고양이, 케언테리어.

경매사들의 무한한 너그러움 덕분에, 고양이, 개, 남성, 여성, 아이 할 것 없이 누구라도 명문의 혈통이 될 수 있다. 우리는 우리가 부러워하는, 우리가 은신처에 웅크린 채 애타게 선망하는 그 누군가가 될 수 있다.

크리스토퍼 콜럼버스와 스페인의 이사벨 여왕, 관계를 맺다

(산타페, 서기 1492년)

CHRISTOPHER COLUMBUS AND QUEEN ISABELLA OF SPAIN CONSUMMATE THEIR RELATIONSHIP

(SANTA FÉ, AD 1492)

콜럼버스라는 외국인이 희망을 깨끗이 버리지 못한 채 오랫동안 이사벨 여왕을 따라다닌다.

— 특별히 어떤 태도로?

당당하지만 간절하게, 머리는 높이 쳐들었으나 무릎은 꿇은 채로, 알랑거리되 대담하게. 그의 언행은 어딘가 음란하고 저속하지만 사기꾼 특유의 매력 덕분에 그냥 무마된다. 그러나 시간이 지날수록 그의 아첨하는 자세가 두드러진다. 노련한 뱃사람의 자유분방한 기질도 조금씩 닳는다. 그의 신발처럼.

— 그의 희망은 무엇인가?

우선 확실한 답부터. 그는 신분 상승을 희망한다. 그는 중세 통속소설에 등장하는 기사처럼 여왕의 선사품을 자신의 투구에 동여매기를 소원한다. (그에게는 투구가 없다.) 그는 자금과 대형 범선 세 척, 니냐호 핀타호 산타마리아호를 원하며, 1492년에 푸른 바다를 항해하고 싶어한다. 하지만 그가 궁정에 처음 도착했을 때 여왕이 직접 그에게 무엇을 바라느냐고 묻자, 그는 여왕의 황갈색 손 위로 허리를 숙인 채, 권력을 상징하는 여왕의 커다란 반지에 숨결을 내뱉으며 두 입술로 위험한 한마디를 속삭였다.

"관계이옵니다."

— 저런 입에 담기도 싫은 외국인을 봤나! 어찌나 뻔뻔한지! "관계"를 갖고 싶다니, 설마! 그런 다음 그자는 어떤 가능성이 있기라도 한 듯, 몇 달 동안 여왕의 꽁무니를 쫓아다닌다. 그의 상스러운 서한, 여닫이창 밑에서 부르는 듣기 싫은 세레나데, 그 때문에 여왕은 창문을 닫고 시원한 미풍을 막아버려야 했다. 여왕에게는 더 중요한 할 일들, 정복해야 할 세상 따위가 있는데, 그자는 대체 스스로를 무어라고 생각했던 걸까?

— 외국인들은 더러 끈덕질 때가 있다. 그리고 언어의 장벽 때문에 암시를 알아차리지 못하기도 한다. 한편 잊지 말아야 할 것이 있는데, 주변에 외국인을 몇몇 두는 일이 필요하다고 여겨지기도 한다. 외국인들은 환경에 어떤 국제적인 분위기를 부여한다. 그들은 대체로 가난하기 때문에, 필수적이지만 비천한 갖가지 일도 마다하지 않는다. 게다가 우리 가운데 그들이 존재함으로써, 우리는 (인정하기 어렵기는 하지만) 다른 지역에서 우리가 이질적으로 여겨질 수도 있다는 사실을 상기하며, 자기만족을 경계하게 된다.

— 하지만 여왕에게 그런 말을 하다니!

— 외국인들은 (두고 온) 집을 잊는다. 시간이 지나면, 그들은 스스

로를 우리와 동등한 존재로 생각하기 시작한다. 이는 피할 수 없는 위험이다. 그들은 이탈리아식 감언이설로 우리의 금욕 생활을 흩뜨려놓는다. 어쩔 도리가 없다. 못 들은 척하고, 못 본 척하는 수밖에. 진짜로 해를 입힐 의도로 그러는 경우는 드물지만, 그들은 가끔 도를 넘는다. 하지만 안심하라, 여왕은 자기 앞가림을 충분히 한다.

콜럼버스는 이사벨 여왕의 궁정에서 금세 미친놈이라는 명성을 걸머지게 된다. 그는 지나치게 화려한 옷을 입고, 과하게 술을 마신다. 이사벨 여왕은 군사적 승리를 거두면, 열하루 동안 찬송가와 사제들의 격조 높고 엄숙한 예배로 승리를 축하한다. 콜럼버스는 대성당 밖에서 포도주 자루를 흔들며 시끄럽게 돌아다닌다. 그 혼자만 방탕하게 보낸다.

— 저 술고래를 보라, 망상으로 가득한 저 커다란 더벅머리를 보라! 그는 반짝이는 눈으로 세상의 서쪽 끝 저 너머, 황금빛 낙원을 꿈꾸는 바보다.

"관계이옵니다."

여왕이 콜럼버스를 데리고 논다.

오찬에서 여왕은 그에게 원하는 걸 모두 들어주겠다고 약속한다. 그러고서 그날 오후에는 그를 베일 취급하며 못 본 척 무시한다.

그의 본명축일*에 여왕은 그를 가장 구석진 내실로 부르고 여종들을 물린 뒤에, 그에게 그녀의 머리를 땋게 하고, 잠시 동안 그녀의 가슴을 애무하도록 허락한다. 그런 다음 여왕은 근위병들을 부른다. 그리고 콜럼버스를 사십 일 동안 마구간과 돈사로 추방한다. 그는 말이 씹어놓은 건초 위에 참담한 심정으로 앉아, 줄곧 전설 속 머나먼 황금에 대해 생각한다. 그는 여왕의 향기를 꿈꾸지만 돼지우리에서 구역질을 하며 깨어난다.

여왕은 콜럼버스를 데리고 노는 것이 즐겁다.

그리고 콜럼버스는 여왕을 즐겁게 하는 편이 목적을 달성하는데 도움이 되리라고 판단한다. 돼지들이 그의 발치에서 코로 땅을 헤집는다. 그는 이를 사리문다.

'여왕을 즐겁게 하는 편이 이롭다.'

콜럼버스가 생각에 잠긴다.

여왕은 그냥 장난삼아 그를 괴롭히는가?

혹은: 여왕이 외국인인 그의 사고방식과 태도에 익숙지 않기 때문일까.

혹은: 여왕의 약지가, 뭐랄까, 이미 그에게 감응해서 그의 입술과 숨결에 대한 기억으로 여전히 뜨겁기 때문일까. 즉, 온기의 촉수가 여왕의 손가락에서 심장으로 퍼져올라가, 어떤 감정의 동요를 야기한 걸까.

혹은: 여왕이 맹목적인 사랑으로 그의 계획을 기꺼이 수용할 것인지, 아니면 오랜 전희 후에 결국 그의 멍하고 애절한 얼굴에 조

* 자신의 세례명을 기념하는 날로, 그 이름을 가진 성인이나 복자들의 축일이다.

소를 퍼부음으로써 그를 무너뜨리는, 더 상투적이면서 별도로 (악의적인) 쾌감까지 맛볼 수 있는 방법을 택할 것인지, 아직 결정을 내리지 못했기 때문일까.

콜럼버스는 이런저런 가능성을 생각하며 스스로를 위로한다. 하지만 모든 가능성이 위로가 되기만 하는 것은 아니다.

여왕은 절대군주다. (그녀의 남편은 절대영도*다. 그 이상 차가워질 수 없는 공백. 그에 관해서는 더 말하지 않겠다.) 그녀는 반지에 자주 입맞춤을 받는다. 그러한 행위는 그녀에게 아무런 의미도 부여하지 않는다. 그녀는 아첨에 익숙하다. 그녀는 아첨을 쉽게 물리친다.

여왕은 독재자이며, 자신의 전용 광대로 기괴한 기형자들과 여명처럼 아름다운 미남자 사백열아홉 명을 소유하고 있다. 콜럼버스는 그녀의 사백스무번째 멍청이일 뿐이다. 이 또한 그럴듯한 각본이다.

어쩌면: 여왕은 세상 끝 저편의 세상에 대한 그의 꿈을 이해하고 그 꿈으로 인해 깊이 감동해서, 도리어 겁을 먹는다. 그래서 처음에는 그 꿈을 지향하다가, 곧 외면한다.

아니면: 여왕은 그를 전혀 이해하지 못하고, 굳이 이해하고 싶지도 않다.

"취향에 따라 골라잡아라."

확실한 것은 그가 여왕을 이해하지 못한다는 사실이다. 실상은

---

* 열역학적으로 생각할 수 있는 최저 온도로, 섭씨 영하 273.15도.

명료하기만 하다. 그녀는 모든 것을 정복하는 이사벨 여왕이다. 그는 (요란하고 화려한 술고래이지만) 그녀에게는 투명인간이다.

"관계이옵니다."

남자의 성욕은 감퇴한다. 그리고 여자의 성욕은 나이가 들수록 증진된다. 이사벨은 콜럼버스의 마지막 희망이다. 이제 그에게는 예비 후원자, 교섭력, 바람기, 머리털, 정력이 얼마 남지 않았다.

시간이 느리게 흐른다.

이사벨은 말을 타고서 사방을 질주하고, 전투에서 연승을 거두고, 무어인들을 터전에서 몰아내며, 매주 욕망을 키워간다. 더 많은 땅을 꿀꺽할수록, 더 많은 병사를 집어삼킬수록, 그녀는 더욱 허기를 느낀다. 콜럼버스는 내면이 서서히 위축되는 것을 깨닫고, 스스로를 꾸짖는다. 사물을 있는 그대로 보아야 한다. 정신을 차려야 한다. 이곳에서 그에게 과연 어떤 기회가 주어지겠는가? 어떤 날엔 여왕이 야전 변소 청소를 시킨다. 다른 날엔 시체 닦는 일을 시킨다. 전사자의 시체는 깨끗하지가 않다. 전쟁터에 나가는 병사들은 갑옷 속에 성인용 기저귀를 차는데, 죽음에 대한 공포가 매번 배변을 일으키기 때문이다. 콜럼버스는 이런 일에 적합하지 않았다. 그는 이사벨을 영원히 떠나라고 스스로를 타이른다.

하지만 문제가 있다. 지긋한 나이와 부족한 후원자. 일단 도망치고 나면 서쪽으로의 항해는 잊어야 한다.

그는 삶이 부조리하다는 철학적 견해에 결코 공감한 적이 없었다. 그는 행동으로 자신을 증명하는 활동가다. 하지만 서쪽으로의 항해가 없다면 그는 삶의 무의미함을 인정해야 할 것이다. 이 또한 패배가 되리라. 그는 강렬한 열대 색채 속에서 보이지 않는 존재로 남아, 어떠한 보답도 받지 못한 채, 그녀의 황홀한 눈길을 갈구하며 여전히 그녀의 발자취를 쫓고 있을 뿐이다.

"자금과 후원을 구하는 일은 사랑을 찾는 일과 별반 다르지 않다." 콜럼버스가 말한다.

— 그녀는 전능하다. 성들이 그녀의 발아래에 굴복한다. 유대인들은 추방당했다. 무어인들은 최후의 투항을 준비한다. 여왕은 말을 타고 군대의 선봉에 서서 그라나다로 향한다.

— 그녀는 상대를 압도한다. 누구도 그녀가 원하는 것을 거부하지 못한다.

— 그녀의 꿈은 모두 계시이다.

— 그녀는 잠자는 동안 얻은 정보에 의거하여, 막강한 전략을 세우고, 암살자들의 음모를 저지하고, 불충과 부패에 대한 자료로 (지지를 얻기 위해) 충신을 윽박지르고 (지지를 얻기 위해) 반대파를 협박한다. 그리고 꿈의 도움으로 날씨를 예측하고, 조약을 체결하고, 약삭빠르게 무역에 투자한다.

— 그녀는 말처럼 먹지만 체중은 1온스도 증가하지 않는다.

— 대지는 그녀의 발소리를 흠모한다. 대지의 어둠은 그녀의 밝은 눈빛 앞에서 꽁무니를 뺀다.

— 그녀의 얼굴은 머리카락의 바다에 자리한 싱싱한 반도다.

═ 그녀의 보물 상자는 고갈되지 않는다.

— 그녀의 귀는 매끄러운 물음표로, 약간의 불확실성을 암시한다.

═ 그녀의 다리.

— 그녀의 다리는 그다지 대단치 않다.

═ 그녀는 불만으로 가득하다.

— 그녀는 어떠한 정복에도 만족하지 못하고, 어떠한 황홀경에도 도취되지 않는다.

═ 보라. 저기 알람브라궁전의 성문에 불운아 보압딜이 있다. 아랍 스페인 시대의 마지막 술탄이 최후의 보루 앞에 나와 있다. 보아라. 지금 바로 이 순간에, 그가 성채의 열쇠를 그녀의 손아귀에 넘겨준다……* 저런! 열쇠의 무게가 그의 손에서 그녀의 손으로 옮겨가는 동안, 그녀는…… 그녀는…… 하품을 한다.

콜럼버스는 희망을 포기한다.

이사벨이 김빠지는 승리를 거두고서 알람브라궁전으로 입성하는 동안 그는 노새에 안장을 얹고 있다. 그녀가 '사자의 뜰'에서 어슬렁대는 동안 그는 광풍처럼 채찍을 휘두르며 길을 떠난다. 그의

* 이사벨 여왕이 스페인 통일을 꿈꾸며 이베리아반도의 마지막 이슬람 왕국인 그라나다를 공격하자, 보압딜 왕은 항복문서에 서명하고 1492년 1월 2일에 평화적으로 알람브라궁전의 열쇠를 넘겨주었다. 보압딜은 이슬람교도들의 재산과 종교를 보장한다는 조건으로 항복했으나, 이사벨 여왕은 이슬람교도들을 스페인에서 강제로 추방했다.

팔꿈치가 춤을 추고, 먼지구름이 순식간에 모든 것을 덮는다.

그는 여전히 보이지 않는 존재다. 그는 그러한 상황에 굴복한다. 숙명을 저버리고 있음을 알면서도 그렇게 한다. 그는 절망적인 분노에 휩싸여 이사벨 여왕에게서 도망친다. 노새를 타고 밤낮없이 내달리다가 노새가 죽자, 먼지로 색이 바랜 요란하고 우스꽝스러운 집시풍 조각천 가방들을 어깨에 둘러멘다. 그리고 걷는다.

그의 주변에는 여왕의 군대에게 정복당한 기름진 평원이 펼쳐져 있다. 콜럼버스에게는 대지의 비옥함도, 정상에서 굽어보고 있는 함락당한 성들의 돌연한 황량함도 눈에 들어오지 않는다. 패배한 문명의 넋들이, 괴멸된 과거의 메아리를 간직한 과달어쩌고 과달저쩌고 하는 이름의 강*들을 따라 내밀히 흐른다.

머리 위에서 진득한 콘도르들이 아라베스크 무늬를 그리며 맴을 돈다.

유대인들의 긴 행렬이 콜럼버스를 지나쳐 가지만, 추방이라는 그들의 비극이 그에게는 어떠한 감흥도 불러일으키지 않는다. 누군가가 그에게 톨레도 검 한 자루를 팔려고 한다. 콜럼버스는 손을 휘저어 그자를 쫓는다. 콜럼버스는 배에 대한 희망을 잃었기에, 유대인들이 탈출을 위해 배에 오르도록 놓아두고, 카디스**의 항구에서 기다린다. 피로가 감각을 앗아간다. 이 구대륙은 너무 오래되었

* 과달키비르 강 등 스페인 지명에 쓰인 '과달'은 아랍어에서 유래한 말로, 크다는 의미다.

** 대서양에 면해 있는 스페인 남부의 항구도시. 콜럼버스의 항해 출발지 중 하나다.

고 신대륙은 아직 발견되지 않았다.

"자금과 후원을 잃는 것은 짝사랑만큼이나 비통하구나." 콜럼버스가 말한다.

그는 피로의 극한을 넘어, 인내의 한계와 자아의 경계를 넘어, 여기 이 길을 따라 어딘가로 걷다가 균형을 잃고 제정신의 끝자락에서 추락하더니, 의식의 가장자리 저편에서 생애 처음이자 마지막으로 환영을 본다.

이건 꿈에 대한 꿈이다.

콜럼버스가 이사벨에 대한 꿈을 꾼다. 그녀는 나스르왕조의 마지막 황제 보압딜에게서 강탈한 보물, 알람브라궁전을 건성으로 둘러보고 있다.

그녀는 돌사자가 높이 떠받들고 있는 커다란 돌그릇을 들여다본다. 그릇은 피로 가득하고, 그녀는 그 안에서 환영을 본다. 다시 말해, 콜럼버스의 꿈속에서 그녀가 환영을 보고 있다.

그릇은 만물이, 알려진 세상의 모든 것이 이제 그녀의 소유라고 일러준다. 그녀는 세상 사람 모두를 손에 넣고 마음대로 주무를 수 있다. 콜럼버스의 꿈속에서, 그녀가 그릇의 뜻을 이해하자 피가 걸쭉하게 엉기더니 해충이 득실대는 진흙으로 변한다. 콜럼버스의 피로와 원한에 찬 환상 속에서, 이사벨은 알려진 세상을 소유하는 것만으로는 자신이 결코, 결코, **결코**! 만족할 수 없으리라는 사실을 깨닫고서 뼛속까지 충격을 받는다. 미지의 세상만이, 어쩌면 불가지의 세상만이 그녀를 만족시킬 수 있다.

불현듯 그녀가 콜럼버스를 떠올린다(콜럼버스는 그녀가 자신을 떠올린다고 상상한다). 세상 끝 저편에 있는, 세속의 돌그릇 저편에 있는, 걸쭉한 피의 바다 저편에 있는 보이지 않는 세상, 미지의 세상, 어쩌면 불가지의 세상으로 들어가기를 꿈꾸는 콜럼버스, 그 투명인간을. 콜럼버스의 의지에 따라 이 비통한 꿈속에서 이사벨은 마침내 진실을 보게 되고, 그가 그녀를 필요로 하는 만큼 그녀도 그를 필요로 한다는 사실을 인정하게 된다. 그렇다! 그녀는 이제야 깨달았다! 그녀는 기필코 반드시 그에게 자금과 배, 그리고 무엇이든 내주어야 하고, 그는 기필코 반드시 그녀의 국기와 선사품을 가지고서 세상 끝 한계를 넘어 광휘와 불멸로 향해야 하며, 그리하여 어떤 필사의 사랑보다 훨씬 더 질긴 굴레로, 냉혹하고 신성한 역사의 끈으로 그녀와 그를 영원히 함께 묶어두어야 한다.

"관계이옵니다."

콜럼버스의 무례한 꿈속에서, 이사벨은 머리칼을 쥐어뜯으며 사자의 뜰에서 뛰어나와 전령들을 소리쳐 부른다.

"그를 찾아라." 그녀가 명령한다.

하지만 꿈속에서 콜럼버스는 좀처럼 모습을 드러내지 않는다. 그는 먼지투성이 조각천 투명 망토로 자신을 휘감고 있으며, 전령들은 이리저리 헛되이 뛰어다닌다.

이사벨은 소리치고 간청하고 애원한다.

상년! 상년아! 자, 맛이 어떠냐! 콜럼버스가 비웃는다. 그는 마지막으로 이 자멸적인 투명함을 활용하여 궁정에서 모습을 감춤으로써, 그녀의 염원을 물리쳤다. 당연한 업보.

상년!

그녀가 그의 희망을 참살하지 않았던가? 자, 그런데. 그렇게 함으로써 그녀는 자멸한 꼴이 되었다. 인과응보. 피장파장.

꿈의 끄트머리에서, 콜럼버스는 전령들이 자신을 찾도록 내버려둔다. 말발굽 소리, 미친듯이 허우적대는 팔들. 그들은 애원하고 회유하고 뇌물을 바친다. 하지만 너무 늦었다. 가능성 말살이라는 달콤하고 자학적인 환희만이 남아 있다.

그는 전령들에게 대답하며 머리를 가로젓는다.

"싫소."

콜럼버스의 의식이 돌아온다.

그는 비옥한 평원에서 무릎을 꿇고 죽음을 기다린다. 그는 다가오는 말발굽 소리에 눈을 치켜뜬다. 그리고 학살의 천사가 정복자처럼 말달려 오는 모습을 보게 될지도 모른다고 생각한다. 천사의 검은 날개, 그 얼굴에 깃든 무료함.

이사벨의 전령들이 그를 에워싼다. 그들은 그에게 음식과 음료와 말을 건넨다. 그들이 소리치고 있다.

— 낭보요! 여왕 폐하께서 당신을 부르셨소.

══ 항해. 굉장한 소식.

── 여왕 폐하께서 환영을 보셨는데, 그 때문에 당황하셨소.

══ 그녀의 꿈은 모두 계시이다.

전령들이 말에서 내린다. 그들은 뇌물을 바치고 애원하고 회유한다.

── 여왕 폐하께서 사자의 뜰에서 뛰어나오며 당신의 이름을 외치셨소.

══ 그녀가 너를 세속의 돌그릇 너머로, 걸쭉한 피의 바다 너머로 보내려 한다.

── 여왕 폐하께서 산타페*에서 당신을 기다리고 계시오.

══ 즉시 가야 한다.

콜럼버스는 사랑을 얻은 연인처럼, 혼인날의 신랑처럼 자리에서 일어선다. 그가 입을 열자 비통한 거절의 말이 흘러나오려 한다. 싫소.

"알았소." 그가 전령들에게 말한다. 알았소. 가겠소.

* 스페인의 옛 그라나다왕국에 위치한 지방. 콜럼버스는 1492년 4월 이곳에서 이사벨 여왕 부부와 '산타페 협약'을 체결하고 후원을 약속받았다.

이스트, 웨스트

EAST, WEST

천체의 음악

THE
HARMONY
OF
THE
SPHERES

여왕 즉위 이십오 주년 기념 기간중에 작가 엘리엇 크레인은 젊은 아내 루시 에번스와 웨일스의 R이라는 마을에서 점심을 먹었다. 당시에 루시는 현지 신문사에서 보도사진 기자로 일했고, 엘리엇은 스스로 망상형 정신분열증으로 인한 정신착란이라고 주장하던 증세에 시달리고 있었다. 그날 엘리엇은 활기차 보였고, 아내에게 기분은 괜찮지만 피곤해서 일찍 잠자리에 들 생각이라고 말했다. 루시는 기사 마감 때문에 밤이 깊어서야 산허리의 작은 집으로 향했다. 루시가 이층에 올라갔을 때 엘리엇은 침실에 없었다. 루시는 엘리엇이 손님방에서 자는 모양이라고 생각하며, 남편의 수면을 방해하지 않으려고 그냥 잠자리에 들었다.

한 시간 뒤, 루시는 불길한 예감에 잠에서 깨어 옷도 걸치지 않은 채 손님방으로 향했다. 그런 다음 심호흡을 하고 방문을 열었다. 그리고 그 즉시, 문을 도로 쾅 닫고서 바닥에 털썩 주저앉았다.

엘리엇이 이 년 넘게 병을 앓았던 터라, 루시는 한 가지 생각밖에 들지 않았다. 끝났구나. 오한이 느껴져 루시는 다시 침대로 돌아가서 아침까지 곤하게 잤다.

엘리엇은 엽총의 총구를 입에 물고 방아쇠를 당겼다. 그 총은 아버지의 유품이었고, 아버지 역시 똑같은 용도로 그 물건을 사용했다. 엘리엇은 섬뜩하게 대칭적인 그 마지막 행동을 자행하면서 유서를 하나 남겼는데, 거기에는 총을 청소하고 관리하는 방법만이 꼼꼼하게 적혀 있었다. 엘리엇과 루시에게는 아이가 없었다. 그는 서른두 살이었다.

일주일 전에 우리 셋은 잉글랜드와 웨일스 경계 지대의 어느 봉화재에 걸어올라가서, 여왕 즉위 이십오 주년 모닥불들이 산등성이를 타고 꽃처럼 피어올라 화환처럼 어둠을 장식하는 모습을 구경했다. "모닥불이 '좋은 불'이라는 뜻은 아니지." 엘리엇이 말했다. "그런 요소가 들어 있는 단어이기는 하지만. 원래는 뼈로 지핀 불이라는 뜻이야.* 죽은 동물의 뼈. 하지만 피 파이 포 펌**, 친애하는 여러분, 인간의 유골, 숯덩이가 된 인두人頭도 사용되었답니다."

엘리엇은 억세고 붉은 머리털에 부엉이 같은 웃음소리를 지녔고, 마녀의 지팡이만큼이나 앙상했다. 불빛이 만들어내는 환한 그림자 극장에서 우리는 모두 미치광이처럼 보였기에 엘리엇의 움

---

* 모닥불을 영어로 bonfire라고 하는데, bon은 프랑스어로 '좋다'는 뜻이고, 철자가 유사한 영단어 bone은 '뼈'를 의미한다.

** 동화 『잭과 콩나무』에서 거인이 잭의 냄새를 맡을 때마다 내뱉는 감탄사.

푹한 빰, 찡긋대는 눈썹, 미친 뱃사람처럼 번득이는 눈을 좀더 쉽게 모른 체할 수 있었다. 우리는 불길 가까이에 서 있었고, 엘리엇이 그 지방의 안식일에 얽힌 무시무시한 이야기를 들려주었는데, 망토를 두르고 오줌을 마시는 마법사들이 안식일에 주문을 외워서 지옥으로부터 악령들을 불러낸다고 했다. 우리는 엘리엇의 휴대용 은제 술병에 담긴 브랜디를 꿀꺽꿀꺽 마시다가 때맞추어 흠칫 놀라주었다. 엘리엇은 예전에 악마를 만난 적이 있는데, 그날 이후로 줄곧 루시와 함께 도망을 다니는 중이었다. 두 사람은 케임브리지의 포르투갈 플레이스에 있던 귀신 들린 작은 집을 팔고서 쓸쓸하고 양념새 나는 웨일스 오두막으로 이사를 했고, 그 집을 (자조적으로) '크롤리 엔드'*라고 명명했다.

그러나 소용없었다. 그 악마는 엘리엇의 자동차 번호판을 추적했고, 전화번호부에 올라 있지 않은 엘리엇의 전화번호로 언제든지 전화를 걸 수 있었으며, 엘리엇의 새로운 집주소도 알아냈다. 우리는 엘리엇의 유령 이야기에 비명을 지르는 동안에도 이미 그 사실을 알고 있었다.

"좀 와보는 게 좋겠어. 엘리엇이 눈에 수면 안대 같은 걸 하고서 고속도로에서 시속 90마일로 역주행을 했대." 루시가 전화를 걸어 부탁을 해왔었다. 루시는 엘리엇을 위해 많은 것을 포기했으며,

---

* Crowley End. 케임브리지 근방의 실제 지명 Crawley End와 유사한데, 20세기 최후의 마법사라고 불리는 알리스터 크롤리(Aleister Crowley)를 연상시킨다.

〈런던 선데이〉의 사진기자를 그만두고 아쉬운 대로 지방 소도시의 신문사에 취직했다. 엘리엇은 실성했고, 루시가 가까이에 있어야 했다.

“지금은 내가 용납되는 거야?” 내가 물었다. 엘리엇은 정교한 음모론을 하나 만들어냈는데, 그 이론에 따르면 엘리엇의 친구들은 지구인이건 외계인이건 대부분 적대 세력의 하수인이었다. 나는 화성에서 온 침략자였는데, 어떤 핵심적인 경계 체계가 느슨해진 틈을 타 영국으로 숨어든 그 수많은 위험 생명체 중 하나였다. 화성인들은 모방에 탁월한 재능을 타고나서, 자신들을 같은 종족으로 믿게끔 인간을 속일 수도 있었고, 당연히 초파리처럼 썩은 바나나 더미에 알을 까기도 했다.

일 년 넘게, 내가 화성인의 형상이었던 동안, 나의 방문은 금지되었다. 루시는 새로운 소식이 있을 때마다 전화를 걸어왔다. 약이 효과가 있다, 엘리엇이 정기적인 복용을 거부해 약이 효과가 없다, 엘리엇이 글을 쓰려고 애쓰지만 않으면 상태가 호전되어 보인다, 글을 쓰지 않으니 깊은 우울증에 빠져 상태가 악화되는 것 같다, 엘리엇이 소극적이고 무기력하다, 엘리엇이 사납고 난폭하게 군다, 엘리엇이 죄책감과 절망감에 사로잡혀 있다.

나는 무력감을 느꼈다. 다들 그렇듯이.

내가 케임브리지 대학교에서 마지막 해를 보내는 동안, 우리는 친구가 되었다. 당시에 나는 로라라는 대학원생과 만나고 헤어지기를 반복하며 소모적인 연애에 몰두해 있었다. 로라의 학위논문은 제임스 조이스와 프랑스 누보로망에 관한 것이었는데, 나는 로라를 기쁘게 할 생각으로 『피네간의 경야』를 두 번이나 힘겹게 독파했고, 사로트와 뷔토르, 로브그리예*의 작품도 거의 다 읽었다. 어느 날 밤 나는 낭만적인 감정에 사로잡혀서, 로라가 사는 체스터턴 로드의 아파트 창문을 기어나가 아슬아슬하게 창턱에 균형을 잡고 선 채로, 내 청혼을 받아주지 않으면 안으로 들어가지 않겠다고 버텼다. 다음날 아침 로라가 엄마한테 전화를 걸어서 그 소식을 전했다. 오랜 침묵이 흐른 뒤에 로라의 엄마가 말했다. "그 남자는 틀림없이 아주 좋은 사람일 것 같구나, 얘야. 하지만 뭐랄까, 너하고 비슷한 사람을 찾을 수는 없었니?"

로라는 그 질문에 굴욕감을 느꼈다. "나하고 비슷한 사람이라니, 그게 무슨 뜻이에요? 조이스 전문가? 키가 5피트 3인치인 사람? 아니면 여자?" 로라가 전화에 대고 소리쳤다.

하지만 그해 여름, 로라는 어느 결혼식에서 만취 상태로 내 얼굴에서 안경을 잡아채 두 동강을 내고 웨딩케이크 칼을 움켜쥐며 신랑 신부를 경악케 하더니, 한 번만 더 가까이 오면 내 살을 저며서 연회장에 돌리겠다고 나에게 위협했다. 나는 근시안적으로 로라에게서 뒷걸음치다가 또다른 여자에게 걸려 넘어질 뻔했는데, 회색 눈에 할머니 안경을 쓴 '말라'라는 그 동료 외계인은 진지한 얼굴로 "현재 당신의 시각 능력이 감퇴했으니" 집까지 태워다주겠다고 제안했다. 진중하고 침착한 말라가, 비흡연자에 비음주자, 채식주

* 세 작가 모두 누보로망의 대표 인물들.

의자이며 마약에는 손도 대지 않는 모리셔스 출신의 외로운 말라가, 모나리자의 미소를 지닌 그 의학도가 엘리엇 크레인의 부추김으로 나에게 접근했다는 사실을, 나는 그녀와 결혼하고 나서야 비로소 알게 됐다.

"그이가 당신을 보고 싶어해. 이제 화성인 걱정은 좀 내려놓은 눈치야." 루시가 수화기 너머로 말했다.

엘리엇은 무릎에 붉은 담요를 덮고서 난롯가에 앉아 있었다. "아후! 우주 대마왕이다!" 엘리엇이 활짝 웃으며 반쯤은 환영의 표시로, 반쯤은 항복의 표시로 두 손을 머리 위로 치켜들고서 소리쳤다. "앉아서 한잔 받지그래, 이 퉁방울이 녀석아. 우리를 홀릴 생각일랑 말고."

루시가 우리만 남겨두고 자리를 비우자, 엘리엇은 객관적인 듯한 태도로 진지하게 정신분열증에 대해 이야기했다. 엘리엇이 눈을 가리고 고속도로를 역주행했다는 사실이 믿기지 않았다. 엘리엇은 광기가 찾아들면 완전히 '맛이 가서' 극도로 과격한 행위도 가능해진다고 설명했다. 하지만 발작이 멈추면 '지극히 정상'이라고 했다. 엘리엇은 자신이 미쳤음을 인정하는 게 전혀 치욕스러운 일이 아니라는 사실을 마침내 깨닫게 되었다고 말했다. 정신분열증 또한 병이고, 단지 그뿐이었다.

"회복되는 중이야." 엘리엇이 자신만만하게 말했다. "다시 집필도 시작했어. 오와인 글린두르*에 관한 책이야. 오컬트 따위를 멀리하는 한 작업은 순조로워." (엘리엇은 『천체의 음악』**이라는 두

권짜리 연구 논문의 저자였는데, 그 책에서 19세기 및 20세기 유럽에서 공공연하게 혹은 암암리에 활동하던 신비주의자 집단에 대해 다뤘다.)

엘리엇이 목소리를 낮췄다. "우리끼리 얘긴데, 칸, 나는 편집성 정신분열증을 간편하게 치료할 수 있는 약도 연구하고 있어. 이 나라 최고 권위자들하고 서신을 교환하고 있는데, 그 사람들이 내 연구에 얼마나 깊은 감명을 받았는지 자네는 모를 거야. 내가 전혀 새로운 무언가를 생각해냈다는 데 그들 모두가 동의하고 있어. 치료제 생산은 단지 시간문제야."

나는 갑자기 슬퍼졌다. "어쨌든 루시를 조심해." 엘리엇이 속삭였다. "루시는 매춘부처럼 거짓말을 하고 내 말을 엿들어, 알겠어? 그자들이 루시한테 최신 장비를 제공해주거든. 냉장고에 마이크가 몇 개 있어. 루시는 그걸 버터 안에 숨기지."

1971년 샬럿 스트리트의 어느 케밥 식당에서 엘리엇이 나를 루시에게 소개했는데, 나는 십 년 만에 루시를 만났지만, 내가 열네 살 그리고 루시가 열두 살 때 우리가 주후 해변에서 입을 맞추었던 사이라는 걸 단번에 기억해냈고, 내가 그 경험이 되풀이되기를 간절히 바란다는 것도 알아차렸다. 미스 루시 에번스, 벌꿀색 금발머

---

* 잉글랜드 국왕 헨리 4세의 웨일스 통치에 맞서 격렬한 항쟁을 벌인 웨일스인.

** The Harmony of the Spheres. 피타고라스학파는 태양과 달, 행성이 각각의 공전궤도에 기초해 움직이며 조화로운 음악을 만들어낸다고 믿었는데, 이를 '천체의 음악'이라고 한다.

리 아가씨, 그 유명한 봄베이 컴퍼니 사장의 조숙한 딸. 루시는 그때의 입맞춤에 대해 어떠한 언급도 하지 않았다. 나 역시 루시가 그 일을 잊은 모양이라고 생각해서 아무런 말도 하지 않았다. 하지만 루시는 우리가 주후 해변에서 벌였던 낙타 경주와 나무에서 갓 따낸 신선한 코코넛 과즙에 대해 이야기했다. 루시는 잊지 않고 있었다.

루시는 한때 해군 보트였던 구식 소형 유람선을 소유한 어엿한 선주였다. 그 배는 양끝이 뾰족했고, 배 중간에 간이 선실이 있었으며, 소니크로프트 사의 핸디빌리 엔진을 장착했는데, 그 골동품 엔진은 희한하게도 루시를 제외한 어느 누구의 달램수에도 반응하지 않았다. 그 배는 프랑스의 됭케르크까지 항해한 적도 있었다. 루시는 봄베이에서 보낸 어린 시절을 추억하며 그 배를 '부겐빌레아'*라고 명명했다.

나는 엘리엇과 루시를 따라 몇 차례 부겐빌레아에 승선했는데, 말라는 처음에만 함께하고는 발을 뺐다. 지금의 닥터 말라, 닥터 (미시즈) 칸, 다름 아닌 해로 로드 의료센터의 모나리자는, 목욕도 못하고 뱃전 너머로 오줌을 누고 밤이면 온기를 찾아 얼러붙고 누비 침낭 안으로 파고들어 지퍼를 채우는, 그 보헤미안적 생활에 혐오감을 느꼈다. "나한테는 위생과 안락이 최우선이야. 잠자는 침낭은 건드리지 마." 나는 던롭필로 침대랑 화장실이 갖춰진 집에

* 분꽃과에 속하는 덩굴식물. 인도에서 흔히 볼 수 있다.

있을 거야." 말라가 말했다.

한번은 트렌트 머지 운하를 타고 미들위치까지 올라가서 그곳에서 서쪽의 낸트위치로, 그리고 슈롭셔 유니언 운하를 타고 남쪽으로 내려와서 다시 서쪽의 랑골렌으로 여행을 한 적이 있었다.*** 루시는 대단한 체력과 배의 우두머리다운 면모를 과시하며 선장으로서 강한 매력을 발휘했고, 나는 그 모습에 상당한 관능을 느꼈다. 우리는 그 여행중에 이틀 밤을 단둘이서 보냈는데, 엘리엇이 "오스트리아 출신의 권위자"에게서 나치와 오컬트를 주제로 한 강연을 듣기 위해 케임브리지 대학교로 돌아가야 했기 때문이었다. 우리는 크루 역에서 엘리엇을 배웅하고, 허세 넘치는 식당에서 형편없는 식사를 했다. 루시가 로제 와인을 한 병 시키자고 고집을 부렸다. 웨이트리스가 비웃듯 정색을 하며 큰 소리로 말했다. "붉은색을 뜻하는 프랑스어는 '루주'입니다, 마담."

그게 무엇이었든, 우리는 지나치게 마셨다. 그런 다음 부겐빌레아에 올라, 침낭 속으로 들어가서 지퍼를 잠그고 함께 주후 해변으로 돌아갔다. 하지만 어느 순간 루시는 내 뺨에 입을 맞추더니 "미친 짓, 사랑"이라고 중얼거리며 돌아누웠고, 머나먼 과거로부터 등을 돌렸다. 나는 말라, 내 가까운 현재를 생각하며 어둠 속에서 죄책감으로 얼굴을 붉혔다.

** Let sleeping bags lie. '잠자는 개를 건드리지 말라(Let sleeping dogs lie)'라는 속담을 이용한 말장난.

*** 잉글랜드 북서부에서 웨일스 북동부로 이동하는 여정.

다음날 우리 중 누구도 일어날 뻔했던 일에 대해 언급하지 않았다. 부겐빌레아가 부적절한 시간에 일방통행 터널에 도착했다. 하지만 루시는 통행 허가를 받기 위해 세 시간이나 기다릴 마음이 없었다. 루시는 나에게 손전등을 들고 터널 안의 좁은 예선로*로 앞장서 가라고 명령하고서, 자신은 배를 타고 느릿느릿 내 뒤를 따랐다. 맞은편에서 다른 배가 우리 쪽으로 다가오면 어쩌려고 그러는지 알 수는 없었지만, 나는 바짝 긴장한 채로 험하고 미끄러운 예선로를 따라 이동했다. 어쨌든 나는 고작 선원이었으니까.

계속 운이 따라준 덕분에 결국 우리는 햇빛 아래로 빠져나왔다. 내 하얀 크리켓 스웨터는 터널 벽의 진흙 때문에 지워지지 않는 얼룩이 져서, 어느새 선홍색이 되었다. 신발에도 머리에도 얼굴에도 진흙이 묻었다. 땀투성이 이마를 닦아내자 진흙 한 덩이가 눈에 들어갔다.

루시는 우리의 불법적인 성공에 승리의 환호성을 질렀다. "마침내 당신을 범법자로 만들었어, 끝내주는데." 루시가 소리쳤다. (어릴 때 봄베이에서 나는 샌님으로 유명했다.) "봤지? 어쨌든 범죄도 득이 되잖아."

미친 짓. 사랑. 나는 엘리엇이 저지른 고속의 탈선행위를 전해 들었을 때, 로제 와인과 터널을 떠올렸다. 우리가 부겐빌레아에서 밤

---

* 선박이 자력으로 운항할 수 없는 경우에 동물이나 사람의 힘으로 배를 끌 수 있도록 하천이나 운하의 제방에 설치해놓은 길.

과 낮에 감행했던 모험은 그 나름대로 위험했다. 금지된 포옹과 어둠 속 역행. 하지만 우리는 조난되지 않았고, 엘리엇도 죽지 않았다. 그저 운이 좋았다고, 나는 생각한다.

우리는 왜 미치는가?

엘리엇의 견해에 따르면 "단순한 생화학적 불균형" 때문이었다. 여왕 즉위 이십오 주년 기념 모닥불을 구경하고 집으로 돌아가는 길에 엘리엇은 제가 운전을 하겠다고 우겼다. 엘리엇이 가로등 하나 없는 깜깜한 시골길을 굽이굽이 지나며 점점 속력을 내자, 내 혈관 속으로도 각종 생화학 물질이 균형을 잃고 쏟아져들어왔다. 엘리엇이 경고도 없이 세차게 브레이크를 밟아 차를 세웠다. 청명한 달밤이었다. 오른쪽 산비탈에는 잠자는 양들과 울타리를 두른 작은 묘지가 있었다.

"여기에 묻히고 싶어." 엘리엇이 큰 소리로 말했다.

"안 돼, 불가능해. 알다시피 그러려면 죽어야 하잖아." 내가 뒷좌석에서 대답했다.

"그러지 마. 엘리엇한테 망상을 심어줄 뿐이라고." 루시가 말했다.

우리는 엘리엇을 놀리며 떨리는 속내를 감췄지만, 엘리엇은 자신의 통보가 우리 마음속에 각인되었음을 알아차렸다. 엘리엇이 만족한 듯 고개를 끄덕였다. 그러고는 가속페달을 밟았다.

"우리를 몰살하면 자네가 죽었을 때 누가 남아서 자네를 기억해주겠어?" 내가 숨을 몰아쉬며 말했다.

크롤리 엔드에 도착하자 엘리엇은 한마디 말도 없이 곧장 잠자리에 들었다. 루시는 잠시 후에 엘리엇을 들여다보고 나서, 그가 옷을 그대로 입은 채 웃으며 잠들었다고 알려주었다. "우리 잔뜩 취해보자." 루시가 명랑하게 말했다.

루시는 난로 앞에 몸을 쭉 펴고 누웠다.

"그때 돌아눕지 않았다면 모든 것이 훨씬 쉬웠으리란 생각을 가끔 해. 그러니까, 배에서 말이야." 루시가 말했다.

엘리엇은 『천체의 음악』을 마무리하던 중에 처음으로 악마를 만났다. 당시에 루시는 엘리엇과 언쟁을 벌이고 포르투갈 플레이스의 작은 집을 떠나 있었다. (루시가 엘리엇에게 돌아가보니, 루시가 없는 동안 엘리엇은 우유병을 단 한 개도 집밖에 내놓지 않았다. 두 사람이 떨어져 있던 사이, 우유병이 매일 하나씩 모여 일흔 개의 죄상처럼 주방에 밀집해 있었다.)

어느 밤, 엘리엇은 새벽 세시에 잠에서 깨어나, 아래층에 무언가 절대적으로 사악한 존재가 있다는 확신에 사로잡혔다. (루시가 크롤리 엔드에서 잠에서 깨자마자 엘리엇의 죽음을 직감했다는 이야기를 했을 때, 나는 엘리엇이 느꼈다던 그 예감을 떠올렸다.)

엘리엇은 벌거벗은 채로 (루시가 자신의 차례에 알몸이 되듯) 스위스 군용 칼을 들고 아래층으로 내려가서 주위를 살폈다. 전기가 들어오지 않았다. 엘리엇은 주방에 다가가며 극도의 한기를 느꼈고, 음경이 발기했음을 깨달았다. 모든 전등이 켜졌다가 꺼졌다가 발광을 했다. 엘리엇이 두 팔로 십자가를 만들고서 소리쳤다. "아파제 메, 사타나스." 내게서 물러가라, 사탄아.

"그러자 모든 게 정상으로 되돌아갔어. 아랫도리도 늘어졌지." 엘리엇이 나에게 말했다.

"실제로는 아무것도 보지 못했잖아. 뿔도, 갈라진 발굽도." 내가 살짝 실망하며 말했다.

엘리엇은 제 주장과는 달리 초超합리주의자가 아니었다. 그저 학문 연구라고 하기에는 지나칠 정도로 마법에 몰입했다. 하지만 엘리엇의 명석함 때문에 나는 그의 자기평가를 곧이곧대로 받아들였다. "마음을 좀 열게. 천지간에는 별별 일이 다 있다네, 호레이쇼*, 이하 생략." 엘리엇이 말했다. 엘리엇은 손해를 보더라도 귀신 들린 집을 급매로 처분하겠다고 했고, 어쩐지 그 말이 더없이 합리적으로 들렸다.

우리는 정말 어울리지 않는 친구였다. 나는 더운 날씨를 좋아했고, 엘리엇은 우중충하고 습한 날씨를 선호했다. 나는 어깨까지 내려오는 장발에 에밀리아노 사파타** 같은 콧수염을 길렀고, 엘리엇은 트위드 재킷에 코듀로이 바지를 입었다. 나는 실험극과 인종 문제, 반전시위에 몰두했고, 엘리엇은 시골 저택에 가서 짐승과 새를 죽이며 주말을 보냈다. "이처럼 사람의 기운을 북돋우는 일도 없어. 털과 깃털로 덮인 녀석들의 목숨을 끊어놓는 일, 먹이사슬을

* 『햄릿』 1막 5장에서 햄릿이 함께 유령을 목격한 친구 호레이쇼에게 건네는 말.

** 1910년 멕시코 혁명을 이끈 농민 운동 지도자.

위해 내 본분을 다하는 일. 끝내준다고." 엘리엇이 나를 약 올리며 말했다. 엘리엇은 1970년 총선에서 에드워드 히스가 승리를 거두자, 다음날 파티를 열었다. 어떤 신문에서는 식료품상, 캐비닛 제작자로 변신이라고 선언했다.* 엘리엇의 파티에서 나 홀로 침통한 얼굴을 하고 있었다.

무엇 때문에 사람들은 서로 친구가 되는 걸까? 서로의 특별한 행동 방식 때문에? 함께 만들어내는 기묘한 화음 때문에?

사실 엘리엇과 나에 한해서라면 나는 그 답을 알고 있다. 바로 오래된 흑마술 때문이었다. 사랑도 초콜릿도 아닌 그 비술. 만약에 내가 엘리엇을 잊지 못한다면, 그건 아마도 엘리엇 크레인을 실성하게 만든 그 매혹적인 불가사의 때문일 것이다. 한때는 나도 거기에 빠져들 뻔했었다.

펜타그램, 일루미나티, 마하리시, 간달프. 주술은 시대정신의 한 부분이자 반체제 은어의 일부다. 엘리엇에게서 나는 대大피라미드의 비밀, 황금분할의 수수께끼, 나선 구조의 정교함에 대해 배웠다. 엘리엇은 나에게 메스머의 동물 자기 이론과 (천체와 지구 그리고 모든 생명체 사이에는 상호 영향력이 존재한다. 이 영향력은 도처에 퍼져 있는 몹시 섬세한 유동체를 매개로 전달되며, 우리에게는 아직 낯선 역학 법칙의 지배를 받는다) 일본 강신술의 네 가지 무아경을 가르

* 에드워드 히스는 보수당 소속으로, 장관 재직 시절에 유통업자들의 염가 경쟁 방지를 위해 시행되던 재판매가격 유지 제도를 철폐해 식료품상이라는 조롱을 받았다. 영어에서 캐비닛(cabinet)에는 '정부의 내각'이라는 뜻도 있다.

쳐주었다. '무추'는 엑스터시 혹은 황홀경, '시시' '콘스이 조타이'는 혼수상태, '사이민 조타이'는 최면 상태, 그리고 '무겐노 교'는 영혼이 육체를 떠나 신비경을 떠도는 상태였다. 엘리엇을 통해 나는 비범한 사람들, 아니, 적어도 그들의 정신을 만났다. G.I.구르지예프. 그는 『바알세불 이야기』의 저자이며, 특히 올더스 헉슬리, 캐서린 맨스필드, J.B.프리스틀리의 구루였다. 그리고 라자 람모한 로이. 그는 브라모 사마지 운동을 선도해 과감하게 인도와 영국의 사상을 통합하고자 했다.

친구의 격의 없는 가르침하에 나는 수비학*과 손금을 공부했고, 아메리카 원주민들의 비행술 주문을 외웠다. 그리고 악마 샤이탄을 불러내는 문구와 666 짐승을 가두는 도형을 그리는 방법에 대해 배웠다.

나는 구루라는 단어의 유래가 된 내 고향의 구루들에게는 관심이 없었지만, 쑥스러움을 무릅쓰고 고백하건대 나에게 엘리엇은 바로 그런 존재였다. 신령스러운 스승, 힌디어로는 '그루'라고 한다.

독자여, 나는 낙제했다. 나는 ('무겐노 교'는 고사하고) '무추'를 경험한 적도 없고, 무모한 주문을 감히 입 밖에 내본 적도 없으며 야키족 주술사의 어느 도제처럼 날기 위해 절벽에서 뛰어내린 적도 없다.

나는 살아남았다.

---

* 수에 의미를 부여하여 삼라만상을 풀이하고 미래를 예측하는 학문.

엘리엇과 나는 서로에게 최면을 거는 연습을 했다. 한번은 엘리엇이 나에게, 자기가 '바나나'라는 단어를 말하면 내가 즉시 옷을 전부 벗어야 한다는 후최면암시를 걸었다. 그날 저녁 말라와 루시와 함께 딩월 클럽 댄스홀에 갔을 때, 엘리엇이 그 과일 향 나는 악의의 단어를 내 귀에 속삭였다. 잠을 유도하는 파동이 윙윙대며 무겁게 덮쳐오기 시작하더니, 저항하려고 몸부림을 쳤음에도 내 손이 옷을 벗겨내기 시작했다. 손이 바지 지퍼를 내리기 시작했을 무렵, 우리는 모두 쫓겨나고 말았다.

"거기 남자들은 같이 가서 밤일이나 한판 하지그래? 그러면 우리 모두 집에 가서 좀 쉴 수 있잖아." 말라가 불만스레 말했다. 그때 나는 수로 옆에서 옷을 입고 있었고, 큰 소리로 욕설을 내뱉으며 처절한 보복을 하겠다고 으르렁댔다.

그게 다였나? 아니다. 어쩌면 그럴지도. 아니다. 나도 모르겠다. 아니다.

얼마나 멋진 그림인가. 자기기만자 한 쌍의 초상화. 엘리엇은 학자를 가장한 신비주의자였고, 시시하게도 나는 어설픈 오컬트 숭배자였던 것 같다.

그게 다였나?

엘리엇을 만났을 때 나는 다소 불안정한 상태였고, 사적 영역의 불협화음으로 고통받고 있었다. 로라와의 사건도 있었고, 그 외에 고향과 정체성에 대한 수많은 어려운 질문들도 있었는데, 나는 그 답을 짐작조차 할 수 없었다. 말라와 나에 대한 엘리엇의 직감이 고맙게도 하나의 답이 되어주었다. 지옥과 마찬가지로, 고향은 결국 타인이었다.* 나에게 고향은 바로 말라였다.

화성인이 아닌 모리셔스인.** 모리셔스에서는 노예제 폐지 직후 노예들이 대거 빠져나가자 인도에서 연기年期계약***으로 고용된 이들이 들어왔는데, 말라는 그런 노동자의 9대손이었다. 말라의 고향은 포트루이스 북쪽의 작은 마을이었고, 그곳에서 가장 큰 건물은 작고 하얀 비슈누**** 신전이었다. 고향에서 말라와 그녀의 가족은 인도 보즈푸리 방언을 사용했는데, 그 사투리는 오랜 세월에 걸쳐 다른 언어와 혼합되어서 모리셔스 출신이 아닌 인도인은 사실상 그 말을 이해할 수 없었다. 말라는 인도에 가본 적이 없었고, 나의 태생과 어린 시절 그리고 그곳과의 지속적인 유대 덕분에 나는 그녀의 눈에 재너두*****에서 온 방문자처럼 터무니없이 매력적으로 비쳤다. 그는 감로를 먹고, 낙원의 젖을 마셨노라.******

말라는 스스로 주장하듯 '과학 신봉자'였지만, 글쓰기에 관심을 보였고, 내가 작가 지망생이라는 점을 좋아했다. 말라는 베르나

* 장폴 사르트르의 희곡 「닫힌 방」의 유명한 대사 "지옥은 바로 타인들이야"에 대한 언급.

** 영어에서는 '화성인(Martian)'과 '모리셔스인(Mauritian)'의 철자가 유사하다.

*** '쿨리'로 알려진 연기계약 노동자들은 19세기 초에 인도아대륙이나 남중국에서 영국의 식민지로 건너가 혹사당했다. 당시 모리셔스는 영국의 식민지였다.

**** 힌두교의 주요 신 중 하나.

***** 몽골제국의 쿠빌라이 칸이 여름 수도로 삼은 곳으로, 마르코 폴로의 『동방견문록』 덕분에 서양에 신비로운 낙원으로 알려졌다.

****** 새뮤얼 테일러 콜리지의 시 「쿠블라 칸」의 마지막 두 행.

르댕 드생피에르의 『폴과 비르지니』*를 "모리셔스판 로미오와 줄리엣"이라 칭하며 자랑스러워했고, 나에게도 읽어보라고 권했다. "어쩌면 그 책이 영감을 줄지도 몰라." 말라는 희망에 차서 말했다.

말라는 의사답게 비위가 강하고 현실적이었는데, 모든 '예술 신봉자'들이 그러하듯 나는 그녀가 보유한 인간 내면에 대한 지식이 부러웠다. 나는 인간 본성에 대해 상상만 할 수 있었지만, 말라는 그 모든 것을 아는 듯했다. 말라가 스스로를 내세우는 사람은 아니었지만, 나는 그녀에게서 든든한 반석을 발견한 기분이었다. 그리고 밤마다 그녀의 혈관 속에서 인도양의 짙고 따스한 조류가 밀려들었다.

엘리엇이라는 사람이, 그리고 나와 그의 친밀함이 말라를 화나게 하는 모양이었다. 우리가 베네치아로 신혼여행을 갔을 때였다. 말라는 나의 아내가 되자마자, 우려 섞인 일장 연설을 늘어놓았다. "그 온갖 미신 숭배 말이야." 말라가 비이성적 행위에 대한 과학 신봉자다운 경멸을 가득 담아 코웃음을 쳤다. "완전 사기야, 맙소사! 들어보라고. 엘리엇은 우리집에 너무 자주 와. 당신한테 해로워. 엘리엇이 뭔데? 잉글랜드인 정신병자, 그뿐이잖아. 내 말뜻 알겠어, 작가 사히브? 그러니까 우리를 소개해준 일 등등에 대해서는 감사하지만, 이제 당신은 엘리엇과 일절 관계를 끊어야 해."

"웨일스. 엘리엇은 웨일스 사람이야." 내가 깜짝 놀라서 말했다.

---

* 18세기 프랑스 소설. 당시 프랑스 식민지였던 모리셔스를 배경으로 문명에서 벗어난 열대 섬의 아름다움과 소년 소녀의 사랑을 그렸다.

"상관없어. 진단은 여전히 유효해." 닥터 (미시즈) 칸이 떽떽거렸다.

하지만 엘리엇은 머릿속 거대한 보고에 축적되어 있는 다양한 '금단의 지식'을 너그러이 공유해주었고, 그 지식 속에서 나는 이쪽과 저쪽 사이에, 내 두 개의 타자성他者性 사이에, 내 이중의 비非소속성 사이에 다리를 놓을 또다른 방법을 찾았다고 생각했다. 그 마법과 활력의 세계에는 어떤 융합된 세계관, 유럽적이고 아메리카 원주민적이고 동양적이고 레반트*적인 세계관이 존재하는 듯했고, 나는 그것을 필사적으로 믿고 싶었다.

나는 엘리엇의 도움으로 '금지된 자아'를 탄생시키고 싶었다. 눈에 보이는 세상, 냉소주의와 네이팜폭탄 그 어디에도 일말의 호의나 지혜는 존재하지 않는 듯했다. 감춰진 왕국, 수피교도와 신비학 대가들이 함께 거닐고 위대한 비밀들이 모습을 드러내는 그곳이 나에게 현명해지는 방법을 제시하리라. 나에게 조화harmony를 허락하리라. 엘리엇이 몹시 좋아하던 단어였다.

말라가 옳았다. 엘리엇은 다른 사람을 도울 수 없었다. 그 가련한 공부벌레는 저 자신도 구하지 못했다. 결국 엘리엇의 악마들이, 구르지예프와 우스펜스키가, 크롤리와 블라바츠키가, 던세이니와

---

* 그리스와 이집트 사이에 있는 동지중해 연안 지역. 15세기까지 동서 무역의 중심지였다.

러브크래프트*가 오래전에 그를 찾아왔다. 그들은 웨일스의 산비탈로 와서 양들을 몰아내고 엘리엇의 정신을 에워쌌다.

조화? 누구도 엘리엇의 머릿속 아우성처럼 그렇게 불쾌한 소음을 들어본 적이 없을 것이다. 스베덴보리** 천사들의 노래, 찬송가, 불교의 진언, 티베트 승려들의 배음 독경. 신지학자***들이 유학자들과 논쟁을 벌이고, 크리스천사이언스 신자들이 장미십자회 회원들과 말다툼을 하는 그런 바벨탑에 대항하여 인간의 머리가 어떻게 스스로를 지킬 수 있겠는가? 여기에는 미륵불의 강림을 찬양하는 추종자들이 있고, 저기에는 저주를 퍼붓는 흡혈 마법사들이 있다. 자, 세상의 종말을 부르짖는 천년왕국설이 등장했다. 보라, 히틀러가 들고일어나서 하켄크로이츠를 휘날린다. 히틀러는 무지 혹은 악의로 그 갈고리 십자에 길상吉祥을 상징하는 이름을 붙였다. 스바스티카.****

크롤리 엔드의 병자를 둘러싼 한 무리의 패거리 속에서, 내가 존경하는 라자 람모한 로이 역시 또하나의 악의적인 목소리일 뿐이었다.

탕!

---

* 우스펜스키는 러시아의 신비주의자로 구르지예프의 제자이고, 블라바츠키는 제정러시아의 신비주의 사상가다. 던세이니는 후대 판타지 문학에 큰 영향을 준 아일랜드 작가이고, 러브크래프트는 미국의 공포·판타지 소설가다.

** 18세기 스웨덴의 신비주의자로, 영적 체험을 통해 천사들과 만났다고 주장했다.

*** 신과의 합일을 추구하는 종교적 학문의 연구자.

**** 산스크리트어로 '길상'을 의미한다.

그리고 마침내, 고요. 망자에게 명복이 있을지어다.

내가 웨일스에 도착했을 때는 루시의 오빠 빌이 경찰과 장의사를 부르고, 용감하게 손님방의 벽에서 피와 뇌수를 닦아낸 후였다. 루시는 가든한 여름 원피스를 입고 주방에 앉아서 진을 홀짝이고 있었다. 섬뜩하리만치 침착한 모습이었다.

"그이의 책하고 문서들을 살펴볼래?" 루시의 목소리는 다정하면서도 서먹했다. "나는 못하겠어. 거기에 글린두르에 대한 내용이 많이 있을 거야. 누군가가 그걸 다듬어도 괜찮고."

죽은 친구의 출판되지 못한 속마음을 발굴하는 서글픈 작업에 한 주의 태반이 소요되었다. 인생의 한 페이지가 넘어가는 듯했다. 나는 그즈음에 작가가 되려고 갓 첫발을 내디뎠고, 엘리엇은 작가를 막 그만두었다. 사실 내가 알게 된 바에 따르면, 엘리엇은 일 년 전에 집필을 그만두었다. 어디에도 글린두르에 관한 원고나 진지한 작업의 흔적은 없었다. 그저 헛소리뿐이었다.

빌 에번스가 엘리엇이 타자기로 치거나 손으로 갈겨쓴 문서들을 차茶 궤짝 세 개에 채워넣었다. 이 섬망의 궤짝 속에는 대개 신파조의 마구잡이 음담패설과 세상을 향한 정리되지 않은 불평들이 수백 장 들어 있었다. 공책도 수십 권 있었는데, 거기에다 엘리엇은 자신의 대체 미래들을 펼쳐놓았다. 엘리엇은 엄청나게 탁월하고 저명한 인물이 되거나, 그렇지 않으면 자기연민 가득한 이야기의 주인공이 되어 무명의 천재로 살아가다가 고통스러운 병으로 생을 마감하든지 질투에 휩싸인 경쟁자들에게 암살당한다. 그후에 세상 사람들은 아니나 다를까, 회한에 잠겨 자신들이 외면했던 그의 위대함을 인정하게 된다. 구차한 종이 무더기들이었다.

친구인 우리에 대한 엘리엇의 망상은 읽기가 훨씬 곤욕스러웠다. 그 망상은 두 가지로 나뉘었다. 증오에 찬 것과 도색적인 것. 나에 대한 맹비난이 많았고, 내 아내 말라와 끈적한 정사를 벌이는 내용도 있었는데, 글의 자기색정적인 효과를 극대화하기 위해 날짜는 우리가 결혼한 직후로 설정되어 있었다. 물론 다른 날짜들도 있었다. 루시에 관한 내용은 추잡하고 음란했다. 나는 다정한 말을 찾아 차 궤짝을 뒤졌지만 허사였다. 그렇게 열정적이고 열렬했던 사내가 지상의 삶에 대해 좋은 말 한마디를 남길 수 없었다니, 믿기지가 않았다. 하지만 그랬다.

루시에게는 아무것도 보여주지 않았지만, 루시는 내 얼굴을 보고 모든 것을 알아차렸다. "그 글은 진짜 엘리엇이 쓴 게 아니야. 그이는 아팠잖아." 루시가 기계적으로 나를 위로했다.

나는 무엇이 엘리엇을 병들게 했는지 알 것 같았다. 그래서 건전하게 살아남기로 조용히 맹세했다. 그후로 지금까지 나와 영적 세계 사이에는 아무런 교류도 없었다. 내가 악취 나는 차 궤짝 속으로 뛰어들어 친구가 남긴 광기의 배설물을 헤집는 동안, 메스머의 '영향력 있는 유동체'는 영원히 증발해버렸다.

엘리엇은 제가 바라던 곳에 묻혔다. 엘리엇이 죽음을 맞이한 방식 때문에, 축성된 땅을 사용하는 데 다소 어려움이 있었지만, 루시의 격노에 결국 교구 신부도 눈감아주었다.

엘리엇과 동창인 어느 보수당 의원이 조문을 왔다. "가엾은 엘리. 우리는 이렇게 묻곤 했죠. '엘리 크레인은 나중에 대체 어떻게 될까?' 그러면 나는 이렇게 대답했죠. '아마 꽤 괜찮은 인생을 살 거야. 자살만 하지 않는다면.'" 그 남자가 큰 소리로 말했다.

지금 그 사람은 내각 각료가 되어 경찰청 특수부의 경호를 받고 있다. 하지만 그자는 오래전 어느 화창한 아침에 웨일스에서, (나를 막기 위해) 정말로 경호가 필요할 뻔했다는 사실을 모를 것이다.

하지만 지금은 그저 묘비명 같던 그 말만 기억난다.

이별의 순간에 루시가 손을 내밀어 악수를 청했다. 그후로 우리는 서로 만나지 못했다. 소문에 따르면, 루시는 곧 심드렁하게 재혼을 해서 미국 서부로 이주했다고 한다.

집에 돌아와서 나는 오랫동안 이야기를 해야 했다. 말라는 자리에 앉아서 다정하게 귀를 기울였다. 결국 나는 말라에게 차 궤짝에 대해 털어놓았다.

"그때 당신이 엘리엇을 제대로 파악했어. 다시 말해주지 않아도 돼." 내가 소리쳤다. "당신은 엘리엇의 내면을 알아봤던 거야. 생각해보라고! 엘리엇은 너무 아프고 너무 실성한 나머지 당신과의 그 마지막 탱고 같은 격정적인 만남들을 전부 상상으로 지어냈어. 예를 들어서 우리가 베네치아에서 돌아온 직후에. 또 내가 루시하고 둘이서 부겐빌레아에 있었던 그 이틀 동안. 그때 엘리엇은 강연을 들으러 케임브리지에 가야 한다고 했었어."

말라가 자리에서 일어나 내게서 등을 돌렸고, 말라가 입을 열기도 전에 나는 그녀의 대답을 짐작할 수 있었다. 그 말이 내 가슴속에서 견디기 힘든 파열음을 내며 마치 통나무 더미나 총빙이 무너지듯 요란하게 폭발했다. 그렇다, 말라는 내게 엘리엇 크레인을 조심하라고 경고했었다. 혹독하고 격렬하게 엘리엇을 비난하며 내게 경고했었다. 하지만 나는 그 비난에 놀라 진짜 경고를 듣지 못했고, 말라의 격한 목소리가 의미하는 바를 이해하지 못했다. '그 정신병자. 당신한테 해로워.'

그리하여, 올 것이 왔다. 조화로운 음악의 붕괴, 내 마음속 천체의 파괴.

"그건 상상이 아니었어." 말라가 말했다.

체코브와 줄루

1

1984년 11월 4일 줄루가 버밍엄*에서 실종되자, 인도대사관에서 그의 옛 학우 체코브를 웸블리**로 보내 줄루의 아내를 만나보게 했다.

"아다바즈***, 줄루 부인, 들어가도 될까요?"

"물론이죠. 들어오세요, 공사 사히브. 그런데 왜 그렇게 격식을 차리세요?"

"일요일에 방해해서 죄송합니다, 줄루 부인. 그런데 오늘 아침에 줄루에게서 연락은 없었나요?"

---

* 영국 잉글랜드 중부에 있는 도시.

** 런던 북서쪽에 있는 지역.

*** 우르두어로 '안녕하세요'라는 뜻.

"저한테요? 그이가 출장 간다고 연락한 이후에요? 즐겁게 지내고 있을 텐데 뭐하러 전화를 하겠어요?"

"아이코, 제가 아픈 곳을 찔렀네요, 죄송합니다. 저는 항상 멍청이처럼 말실수를 저지르죠."

"어쨌든 앉아서 차라도 드세요."

"집을 끝내주게 꾸미셨네요, 줄루 부인, 우아우아. 엄청나게 고상한 장식하며, 컷글라스도 아주 많고! 그 망나니 줄루가 봉급을 아주 많이 받는 모양입니다. 저보다도 많이. 유능한 녀석."

"아니에요, 어떻게 그런 일이 가능하겠어요? 분명히 대리공사의 탄카*가 보안 책임자보다 훨씬 많겠죠."

"의심하려는 의도는 없었습니다, 지. 그저 부인이 대단한 살림꾼이라고 말하려던 거였어요."

"그래도 뭔가 문제점이 있겠죠, 나**?"

"뭐라고 하셨죠?"

"아레***, 자이싱! 어디에서 자고 있었던 거야? 대리공사 사히브가 차를 드시고 싶어하셔. 비스킷하고 잘레비****도. 잡생각 좀 그만 두지 못하겠니? 자, 빨리 움직여, 손님이 기다리시잖아."

"줄루 부인, 정말로 굳이 그러지 않으셔도 됩니다."

"괜찮아요, 공사 지. 고국에서 이곳에 온 후로 저애가 게을러져

---

* 인도에서 '봉급'이라는 뜻.

** '네?' 인도에서 확신할 수 없는 일을 두고 상대에게 되물을 때 쓰는 말.

*** '이런.' 인도에서 쓰는 감탄사.

**** 밀가루 반죽을 튀겨서 시럽에 담가 만든 인도 과자.

서 그래요. 휴일을 달라지 않나, 제 방에 텔레비전을 놔달라지 않나, 급료는 또 파운드화로 달라지 뭐예요. 지금까지 저희가 데리고 있었는데 고마워하지도 않아요. 뭐랄까, 전혀요."

"아, 자이싱 말씀이군요. 기막힌 잘레비, 그거 좋죠, 줄루 부인. 고맙습니다."

텔레비전과 그 주변 장식장들 위에, 실종된 남자가 수집해놓은 〈스타트렉〉* 기념품들이 모여 있었다. 커크 함장과 스폭 인형, 그리고 우주선 모형들—클링온족의 버드 오브 프레이호, 로뮬런족 함선, 우주정거장, 그리고 당연히 엔터프라이즈호도. 눈에 가장 잘 띄는 자리에는 시리즈 조연 두 사람의 커다란 피규어가 서 있었다.

"옛날 둔 중등학교** 시절의 별명들." 체코브가 기운차게 외쳤다. "그 별명들은 마치 망가진 레코드판처럼 반복 재생되죠. 뚱보, 땅딸보, 심술보, 울보. 별명이 이름을 대신하는 셈이죠. 우리가 용감무쌍한 우주비행사의 이름으로 불리듯이 말이죠."

"저는 싫어요. 이 '줄루 부인'이라는 호칭. 어느 날 그냥 떠안았어요! 꼭 검둥이처럼 들린단 말예요."***

"자긍심을 가지고 그 이름을 받아들이세요, 베굼 사히브. 부군과 저, 우리는 오랜 전우랍니다. 어린 시절부터 쭉. 아마 그 친구가

---

* 1964년 미국에서 첫 방영된 SF 드라마. 23세기를 배경으로 성간 조직인 행성연방의 우주탐사선 엔터프라이즈호의 모험을 그렸다. 함장 제임스 커크와 일등항해사 스폭 등 인간과 여러 외계 종족으로 구성된 엔터프라이즈호 승무원들은 외계 문명을 탐험하고, 적대 세력인 클링온족과 전투를 벌인다.

** 인도 북부의 도시 데라둔에 있는 명문 사립 기숙학교.

*** 남아프리카공화국 동부의 줄루족에 대한 언급.

충분히 이야기했을 테죠? 용감무쌍한 외교 비행사. 새로운 세계와 새로운 문명을 탐험하는 것이 우리의 오랜 임무죠. 저기를 보세요. 우리의 분신들이 텔레비전 위에 서 있군요. 아시아인처럼 생긴 러시아인과 중국인.* 누구나 인정하듯, 저들은 지도자는 아니지만 최고의 전문 요원이죠. '항로 설정 완료!' '주파수 개방!' '워프 속도 3!' 이 최정예 요원들이 없었다면, 그 거들먹거리는 함장이 무얼 할 수 있었겠어요? 힌두스탄**이라는 훌륭한 함선도 마찬가지예요. 그러니까 이 집에서 일하는 고약한 자이싱처럼 우리 역시 하인이죠. 그리고 함선의 용골 하나까지 안정적으로 유지돼야 하는, 이 통탄할 위기 상황에서는 우리 같은 사람들이 가장 중요하죠. 무슨 일이 있어도 잘레비를 대접하고 차를 따라야 하니까요. 우리는 통솔을 하진 않지만, 통솔을 가능케 하죠. 우리 없이는 어떤 항로에도 진입할 수 없고, 어떤 주파수도 열리지 않죠. 워프 속도로 비행할 수도 없고요."

"공사님의 친구 줄루가 곤경에 처했나요? 지금의 이 시련만으로도 너무나 힘든데."

텔레비전 뒤쪽 벽에는 인디라 간디의 사진 액자가 걸려 있었고, 그 둘레에 화환이 드리워져 있었다. 인디라는 수요일에 사망했다. 화장 장면은 몇 시간 동안 텔레비전으로 중계되었다. 꽃잎들, 참기 힘든 화려한 불꽃들.

---

* 〈스타트렉〉에서 엔터프라이즈호 승무원으로 등장하는 파벨 체코브와 히카루 술루.

** '힌두의 땅'이라는 뜻으로 인도아대륙을 가리킨다.

"믿기지가 않아요. 인디라 여사가! 말로는 표현을 못하겠어요. 그 분은 우리의 어머니셨어요. 하이, 하이*! 한창때에 목숨을 잃다니.

라디오와 텔레비전에서 델리 상황에 대해 이런저런 이야기가 나오고 있어요. 너무 많은 학살이 자행됐어요, 공사 사히브. 선량한 시크교도들이 너무나 많이 죽었어요. 바드마시** 경호원 한둘이 저지른 범죄 때문에 마치 모든 시크교도가 유죄라는 듯이."***

"시크교도들은 국가에 충직하기로 정평이 나 있었어요." 체코브가 심사숙고해서 말했다. "그들은 델리의 택시 영업은 물론이거니와 군대에서도 중추적인 역할을 했죠. 말하자면, 최고의 국민들이 국가적 이상을 위해 헌신하는 듯했어요. 하지만 이제 그런 생각에 의문이 제기되고 있고, 부인도 그 사실을 인정해야만 해요. 빗, 팔찌, 단도**** 따위를 배신자의 표지로 지목하는 사람들도 있어요."

"누가 감히 우리에 대해 그런 소리를 하죠? 그런 사악한 소리를."

"압니다, 알아요. 그럼 줄루 이야기를 해보죠. 곤란한 일인데, 우리가 아는 한 줄루는 출장을 가지 않았어요. 그냥 지도 밖으로 사라졌어요, 베굼 사히브. 줄루는 암살이 벌어진 이후로 무단이탈 상태예요. 이틀 넘게 아무런 연락도 없습니다."

---

* 오, 오! 인도에서 쓰는 감탄사.

** 인도에서 '악당'을 뜻하는 말.

*** 인디라 간디는 1984년 6월 시크교 성지에 군대를 투입해, 분리 독립을 주장하는 시크교 반군 수백 명을 사살했고, 얼마 뒤 10월 자신의 시크교도 경호원들에게 살해당했다. 인디라 간디가 이끌었던 국민회의당은 곧바로 시크교도들에게 대대적인 보복공격을 벌였다.

**** 시크교도가 항상 몸에 지녀야 하는 세 가지 물건.

"오 세상에."

"본부에서는 줄루가 범죄 조직과 관련돼 있을 가능성을 제기하고 있어요. 십중팔구 그 조직은 이곳 시크교도들과 장기간에 걸쳐 관계를 맺어왔을 겁니다."

"오 세상에."

"당연히 저는 이러한 견해를 지지하는 자들에 맞서 맹렬하게 싸우고 있습니다. 하지만 줄루의 부재가 유죄를 강력하게 시사하고 있다는 사실을 아셔야 해요. 우리는 그 하찮은 칼리스탄* 왈라들을 전혀 두려워하지 않습니다만, 그자들에게는 무자비한 구석이 있어요. 그자들이 줄루가 가진 내부 정보와 보안 업무 지식을 이용한다면…… 부인도 알다시피 그자들이 더 많은 공격을 가하겠다고 위협해왔습니다. 누군가는 부인이 모든 걸 속속들이 알고 있다고 모략할 겁니다. 그 점을 반드시 아셔야 해요."

"오 세상에."

"줄루가 인도의 어떤 외교 비행사도 가본 적이 없는 곳에 대담하게 발을 들였을 수도 있어요." 체코브가 잘레비를 먹으며 말했다.

부인이 탄식했다. "공사님은 그 바보 같은 이름조차 제대로 알지 못하는군요. 그 이름은 S로 시작해요. 술루라고요. 그이 때문에 저는 그 드라마를 아주아주 많이 봤어요. 제가 모른다고 생각하세요? 커크, 스폭, 매코이, 스콧, 우후라, 체코브, 술루."

"하지만 과격분자라는 혐의를 받기에는 줄루가 더 적합한 이름

---

* 시크교도들이 인도에서 독립해 펀자브 지방에 세우려 했던 나라.

이죠. 무뢰한으로 의심받기에도, 반역자로 추정되기에도 말이죠. 맛있는 차, 고맙습니다." 체코브가 말했다.

2

8월의 어느 날 줄루, 이 수줍고 건장한 거인은 델리에서 오는 체코브를 마중하러 공항에 나갔다. 서른셋의 체코브는 작고 날씬한 사내였고, 회색 플란넬 바지에 옷깃이 빳빳한 셔츠, 그리고 놋쇠 단추가 두 줄로 달린 감청색 상의를 말쑥하게 차려입고 있었다. 박쥐 날개 같은 눈썹과 호전적으로 돌출된 턱 때문에 체코브의 세련된 말투와 특유의 상냥한 목소리는 어떤 놀라움으로 다가왔고, 그래서 사람들은 그의 눈썹과 턱을 보고 훨씬 공격적인 성격을 예상했다가 스르르 경계심을 풀고는 했다. 체코브는 이미 작은 나라의 대사를 지낸 바 있는 야심가였다. 엄밀히 말해서 임시직이기는 했지만, 이번에는 런던 주재 대리공사라는 요직을 맡았다.

"허, 뭐야, 줄스! 이게 몇 년 만이야, 야르*, 몇 년 만." 체코브가 손바닥으로 상대의 가슴팍을 치며 말했다. "저런, 자네는 꼭 털북숭이 요정 같군그래." 체코브가 덧붙였다. 청년 줄루는 털에 관한 한 현대적인 시크교도였는데,** 열여덟 살 때는 턱수염 없이 콧수염

* 인도에서 친구를 편하게 부를 때 쓰는 말.

** 시크교는 교리에서 이발과 면도를 금하고 있다.

만을 멋들어지게 길렀고, 머리를 길게 땋아 터번 속에 단단히 말아 넣는 대신 이발을 했다. 하지만 이제는 전통으로 복귀해 있었다.

"어이, 지." 줄루가 체코브에게 조심스레 인사를 건네며 물었다. "옛 별명을 사용해도 괜찮을까?"

"당장 쓰게나! 다른 호칭은 불허하네." 체코브가 줄루에게 가방과 수하물 꼬리표들을 건네며 말했다. "엔터프라이즈호의 정신, 뭐 그런 거지."

체코브는 공적인 생활에서는 더없이 정중한 사내였지만, 사적으로 터놓고 이야기할 때에는 배외排外적인 적개심을 자주 드러냈다. 새로운 직책을 맡고서 얼마 지나지 않은 어느 날, 체코브는 점심시간에 줄루와 함께 임뱅크먼트 공원의 벤치에 앉아 있다가, 가지각색의 행인들 쪽으로 고개를 홱 돌렸다.

"도둑놈들." 체코브가 소리를 낮추어 말했다.

"어디?" 줄루가 벌떡 일어서며 소리쳤다. "쫓을까?"

사람들이 돌아보았다. 체코브는 줄루의 웃옷 자락을 움켜잡고서 그를 도로 벤치에 끌어앉혔다. "그렇게 영웅처럼 굴지 마." 체코브가 다정하게 책망했다. "내 말은, 저 사람들 모두 어느 누구 할 것 없이 다 도둑이라는 거야. 세상에, 나는 런던을 사랑해! 연극, 발레, 오페라, 식당! 국가 대항전이 열리는 토요일의 로드 크리켓 경기장 별관! 왕립 세인트제임스 공원의 왕실 연못에 사는 왕실 오리들! 괜찮은 재단사들, 원할 때면 언제든 먹을 수 있는 괜찮은 고기 구이, 읽을 만한 괜찮은 잡지들! 내가 위대함의 자취를 목도하고 있으며, 또한 깊은 감명을 받았노라고 자네한테 기꺼이 말할 수도 있네. 애시니엄 클럽, 버킹엄궁전, 트래펄가광장의 사자 동상들. 우라지게 감동적이지. 한번은 영국 외무부로 차관을 만나러 갔다가 내가 옛 인도청* 건물 안에 서 있다는 사실을 알아차렸네. 동인도회사 시절의 검정 티크 가구들, 낡은 책장 위에 뒷발로 서 있는 코끼리들. 굉장히 놀랐지. 나는 영국인들의 성과에 갈채를 보낸다네. 만세! 하지만 곧 내 고국을 떠올리며, 그곳이 강도들에게 줄곧 약탈당해왔음을 깨닫지. 조국에는 여전히 고통의 잔재가 남아 있어."

"자네의 상실감에 대해서는 매우 안타깝게 생각해." 줄루가 눈살을 찌푸리며 말했다. "하지만 확실히 지금 이 근처에는 비난받아야 할 사람들이 없어."

"줄루, 줄루, 비유적 표현이라고, 이 용맹한 얼간이 왕자님아. 내 말은 영국의 박물관들이 우리의 보물로 가득 채워져 있다는 거야. 영국인들의 부와 도시는 그들이 약탈한 전리품을 기반으로 세워졌어. 다 그런 식이지. 물론 나는 다 용서하네. 그게 우리의 민족성이니까. 하지만 잊지는 말아야 해."

줄루가 누덕누덕한 모자와 외투 차림으로 옆 벤치에서 자고 있는 부랑자를 가리키며 물었다. "저 사람도 우리 걸 훔쳤다고?"

"절대 잊지 마." 체코브가 손가락을 흔들며 말했다. "영국 노동자계급은 자신들의 이익을 위해 식민지정책에 협력했어. 예를 들

* 영국 정부가 인도에 설치했던 식민 통치 기관. 1858년부터 1947년까지 존립했다.

어 맨체스터의 면 직공들은 우리의 면직 공업 붕괴에 일조했지. 외교관으로서 우리는 그러한 사실을 결코 지적해서는 안 돼. 하지만 그렇다고 해서 사실이 달라지지는 않아."

"하지만 걸인은 노동자계급이 아니잖아." 줄루가 타당한 이견을 제기했다. "적어도 저 친구는 절대로 우리의 압제자가 아니야."

"줄루, 엔간히 까다롭게 굴라고." 체코브가 짜증스레 말했다.

체코브와 줄루가 서펜타인 호수로 뱃놀이를 갔을 때였다. 체코브는 다시금 자신이 좋아하는 화제를 꺼냈다. "영국인들이 우리 걸 훔쳤어." 밀짚모자를 쓴 체코브가 샴페인을 마시며 줄무늬 쿠션에 비스듬히 기댄 채 말하는 동안, 힘센 줄루는 노를 저었다. "그리고 이제 우리가 도로 훔쳐갈 거야. 이건 엘긴 대리석* 같은 상황이라고."

"자네는 만족할 줄 알아야 해." 줄루가 노를 거두고서 콜라를 벌컥대며 말했다. "웬만큼 바라고 웬만큼 분개하라고. 자네가 얼마나 많이 가졌는지 봐! 충분하잖아. 편히 앉아서 즐기라고. 나는 덜 가졌지만 그걸로 충분해. 태양이 빛나고 있어. 식민지 시대는 이미 끝난 일이라고."

"그 샌드위치 필요 없으면 이리 줘. 내 급진적인 성향으로 볼 때 나는 외교관이 되지 말았어야 해. 테러리스트가 됐어야지." 체코

* 오스만제국 주재 영국 대사였던 엘긴 백작이 1801년부터 1812년 사이에 아테네에서 영국으로 가져간 그리스 조각 및 건축물의 일부로, 1816년부터 영국박물관이 소장하고 있다.

브가 말했다.

"하지만 그랬다면 우리는 서로 반대편에 서서 적이 되었겠지." 줄루가 항의했다. 불현듯 줄루의 눈에 진짜로 눈물이 고였다. "자네는 우리의 우정은 조금도 신경쓰지 않나? 내 책무에 대해서도 전혀?"

체코브는 당황했다. "맞아, 줄스, 이 친구야. 지독히도 옳은 말이네. 우리가 런던에서 이렇게 힘을 모으게 되리란 사실을 알았을 때 내가 얼마나 기뻤는지 자네는 상상도 못할 걸세. 어린 시절의 우정만한 것은 없어, 안 그런가? 이 세상 무엇으로도 대신할 수 없지. 자, 내 얘길 들어보라고, 이 엄청난 아둔패기야. 그렇게 시무룩한 얼굴은 이제 집어치워. 내가 허락하지 않을 테니. 자네처럼 어마어마하게 커다란 사내는 눈물을 보여서는 안 돼. 내 오랜 친구, 우리는 피로써 맹세한 형제잖아, 어떻게 생각해? 모두는 하나를 위해, 하나는 모두를 위해."

"피로써 맹세한 형제." 줄루가 수줍게 웃으며 말했다.

"그렇다면, 전진." 체코브가 고개를 끄덕이며 쿠션에 편하게 기댔다. "임펄스 동력만으로."

간디 여사가 시크교도 경호원들에게 암살당하던 날, 줄루와 체코브는 세인트존스 우드의 어느 사설 경기장에서 스쿼시를 쳤다. 체코브는 샤워를 마친 뒤 탈의실에서도 여전히 거칠게 숨을 헐떡였다. 벌써부터 머리가 희끗희끗한 체코브는 피로로 쪼그라든 자줏빛 성기를 드러내지 않으려고, 물렁해져가는 허리에 수건을 둘렀다.

줄루는 알몸으로 굵은 음경을 드러낸 채 자신만만하게 서서, 검고 풍성한 머리채를 홱 젖히더니 여인처럼 관능적으로 머리칼을 매만지며 빗질을 했고, 마무리로 머리를 빠르게 꼬아서 틀어올렸다.

"아주 잘 치던데, 줄루 야르. 파박! 파박! 굉장한 샷이었네! 내가 상대하기에는 오달지게 잘 치더군."

"이 책상 조종사 친구야. 이제 보니 자네 둔해졌어. 예전에는 뭐든 받아칠 준비가 돼 있더니만."

"그래, 그래, 이제 퇴물이 됐지. 하지만 자네도 나보다 고작 한 살 어리잖나."

"나는 더 순수한 삶을 살아왔어, 지. 말이 아닌 행동으로."

"우리가 자네의 명예를 더럽혀야 한다는 사실을 알고 있지?" 체코브가 부드럽게 말했다.

줄루는 전신 거울 앞에서 찰스 애틀러스* 같은 자세로 천천히 돌았다.

"자네의 독단적인 행동처럼 보여야 해. 일이 잘못되면 반드시 관련 사실을 부인해야 하고. 자네의 아내조차 사건의 진상을 의심하지 않도록 해야 하네."

줄루는 팔과 다리를 쭉 펴서, 몸을 거대한 X자로 만들었다. 그러고는 차렷 자세를 취했다. 체코브의 목소리가 약간 날카로워졌다.

"줄스, 자네 생각은 어때?"

"순간이동 장치는 준비됐나?"

* 1922년에 미국 보디빌딩 대회에서 우승을 차지한 인물. 보디빌딩을 대중화시켰다.

"제발, 야르, 일에 집중 좀 해."

"정중하게 말하지만, 체코브 요원, 이건 내 일이라네. 자, 그럼, 순간이동 장치는 준비됐나?"

"순간이동 장치 준비 완료."

"그렇다면, 동력 공급."

체코브의 전언, 일급비밀, 대외비, JTK(제임스 T. 커크) 앞:

스타트렉 작전의 중단을 강력히 권고합니다. 클링온 태생의 행성연방 요원을 무방비 상태로 클링온 세포조직에 침투시키는 첩보 작전은 가장 저급한 형태의 충성심사입니다. 문제의 정보원은 현재의 대혼란, 집단히스테리, 공포 분위기 속에서도 어떠한 이념적 일탈을 보인 적이 없으며, 더 나은 대우를 받을 자격이 있습니다. 만약 이 요원이 클링온족에게 진정성을 보여주지 못한다면, 요원은 살해될 것입니다. 클링온에게 인질은 필요치 않습니다.

이번 작전 전체가 오판에서 비롯됐습니다. 이곳에 정착한 클링온족은 핵심 사안이 아닙니다. 우리가 정보를 성공적으로 입수한다 한들, 본국에 있는 주동자들에 관한 자료는 틀림없이 그 정확성이 의심스럽고 가치가 제한적일 것입니다.

우리는 클링온족의 고충과 염원을 시급하게 처리해줄 것을 스타플릿 본부에 조언해야 합니다. 그러한 사안들이 공명정대하게 다루어지지 않는다면 지속적인 평화란 있을 수 없습니다.

JTK의 답신

해당 요원과 귀관의 친밀함을 고려하여 그 불온한 분리주의 자적 문서를 문제삼지 않기로 한다. 무엇이 국익인지 정의하거나 어떤 첩보 작전에 착수할지 결정하는 것은 귀관의 일이 아니다. 그러한 작전이 수행될 수 있게 하고 필요할 때 적합한 지원을 제공하는 것이 귀관의 일이다. 귀관에 대한 개인적인 호의와 귀관의 저명한 부군과 나의 오랜 우정을 생각해서 귀관의 최신 보고서를, 사본을 남기지 않고 파기했다. 귀관도 똑같이 하기를 제안한다. 이 문서도 파기하도록.

체코브는 〈코리올레이너스〉* 공연을 보기 위해 줄루에게 스트랫퍼드까지 태워다달라고 부탁했다.

"지금 아이가 몇인가? 셋?"

"넷. 모두 아들놈이지." 줄루가 말했다.

"신의 은총이로군. 자네 부인은 선량한 여인임에 틀림없어."

"나는 마음이 든든하다네. 든든한 집, 든든한 위장, 든든한 침대를 가졌거든." 줄루가 갑자기 감격스레 말했다.

"이래저래 운이 좋군. 자네는 언제나 피가 따뜻했지. 나는 반대야. 파충류나 공룡의 일종 같아. 그게 바로 날세. 어쨌든 나는 아내를 얻을까 하네. 자네가 좋은 신붓감을 안다면 말일세. 어느 시점이 지나니까 독신은 출셋길에 방해물이 되더군." 체코브가 말했다.

* 로마 시대 어느 영웅의 몰락을 그린 셰익스피어의 정치극.

줄루의 운전이 이상했다. 출구 진입로가 가까워지면, 줄루는 고속도로 서행 차선으로 들어서서 시속 100마일까지 속력을 냈다. 그리고 일단 출구를 지나치면 속도를 줄였다. 체코브는 줄루가 속도와 차선을 끊임없이 바꾼다는 사실을 알아차렸다. "이 낡은 똥차에는 자동 주행속도 유지 장치가 없나? 친구, 행성연방 기함의 함교에서는 이런 종류의 곡예비행을 용납하지 않거든." 체코브가 말했다.

"감시를 피하려고 그래. 일명 드라이클리닝이지." 줄루가 대답했다. 체코브가 놀라서 뒤창으로 밖을 내다보았다.

"우리가 간파당했다는 소린가?"

"걱정할 것 전혀 없어." 줄루가 활짝 웃으며 말했다. "나중에 후회하느니 미리 조심하는 편이 나으니까. 그게 다야. 언제나 최악의 시나리오에 대비하는 거지."

체코브가 좌석에 몸을 묻으며 말했다. "자네는 장난감하고 체육을 좋아했지." 줄루는 라이플 명사수이자 교내 레슬링 챔피언이었으며 숙련된 펜싱 선수였다. 줄루가 말했다. "종업식 날, 자네가 영어 우등상이며 역사 우등상, 라틴어 우등상에 학년 우등상까지 온갖 우등상을 받으러 올라갈 때마다 나는 강당에 앉아서 손뼉을 쳤지. 짝, 짝, 짝, 학기마다, 학년마다. 하지만 운동회 날에는 내가 우승컵을 받았지. 그리고 지금은 나한테도 전문 분야가 있어."

"자네가 대단한 명성을 쌓아가고 있다는 소식은 들었네."

침묵이 흘렀다. 잉글랜드가 빠른 속도로 스쳐지나갔다.

"톨킨을 좋아하나?" 줄루가 물었다.

"한 번도 자네를 다독가라고 생각해본 적은 없는데." 체코브가 깜짝 놀라며 말했다. "언짢아하지는 말게."

"J. R. R. 톨킨, 『반지의 제왕』." 줄루가 말했다.

"그 양반 작품을 읽어보지는 못했네. 물론 이름은 들어봤지. 요정과 정령이라. 전혀 자네 취향은 아닌 듯한데."

"그 책은 선과 악이 승부가 날 때까지 맞붙는 전쟁에 관한 이야기야." 줄루가 열심히 설명했다. "세상의 한쪽에서 이 거대한 전쟁이 치러지는 동안, 샤이어라는 곳에 사는 이들은 전쟁이 계속되고 있다는 사실조차 모르고 지내. 그곳에 사는 호빗들은 자신들을 위협하는 세력과 자신들의 조그마한 생명을 지켜주는 세력에 대해 전혀 감도 못 잡은 채, 일하고 티격태격하고 즐겁게 놀지." 줄루의 얼굴이 열에 들떠 벌게졌다.

"내 얘기를 하는 것 같군." 체코브가 말했다.

"나는 그 전쟁에서 병사야. 사무실에만 앉아 있으면 진짜 세상이 어떤지 눈곱만큼도 알 수가 없어. 행동의 세상 말일세, 지. 행위의 세상, 끝난 일과 어쩌면 끝나지 않은 일들의 세상. 삶과 죽음의 세상." 줄루가 말했다.

"최악의 경우에만 그렇지." 체코브가 이의를 제기했다.

"내가 자네한테 그 유창한 언변으로 사람들을 어떻게 요리하라고 지시한 적이 있던가?" 줄루가 호통을 쳤다. "그러니 자네도 내가 일을 처리하는 방식에 대해 아무 말도 하지 말게."

전쟁터로 향하는 병사들이 스스로 결의를 북돋운다는 사실을 체코브도 알고 있었다. 가슴을 두드리는 이런 자기과시는 예상 가능한 일이었으니, 오해할 필요는 없었다. "언제 떠날 예정인가?" 체코브가 조용히 물었다.

"체코브 지, 자네는 내가 떠나는 모습을 보지 못할 거야."

스트랫퍼드가 가까워졌다. "그거 알고 있었나, 지." 줄루가 말했다. "톨킨의 '가운데 땅' 지도가 잉글랜드 중부와 웨일스에 딱 들어맞아. 어쩌면 모든 동화의 나라가 바로 이곳, 우리들 한가운데에 있는지도 몰라."

"내 친구 줄스, 자네는 속을 알 수 없는 사람이야. 오늘은 내내 뜻밖의 모습을 보여주는군그래." 체코브가 말했다.

체코브는 햄프스테드의 사설 도로 내에 위치한 현대식 관사에서 몇몇 사람들과 저녁식사를 했다. 체코브가 환심을 사려고 애쓰는 어느 재계 거물, 체코브가 좋아하는 기자들, 친親인도 인사들, 영국에 체류중인 저명한 인도인들. 평상시처럼 행동하는 게 이날의 방침이었다. 끔찍한 사건에도 불구하고 국가라는 함선은 외견상 건재해 보여야 했다. 기존 대원이 함장 직을 맡게 되리라고 체코브는 생각했다. 술루나 체코브가 갑자기 함장으로 승진했던 것처럼.

안주인 역할을 하는 아내도 없이 이 모든 일을 감당하기가 지독히도 힘들다며, 체코브는 속으로 툴툴댔다. 머리 여럿 달린 사자가 중앙에 새겨진 최고급 금접시, 최상급 크리스털 제품, 식단, 와인. 체코브를 돕기 위해 인도대사관에서 직원들을 파견했으나, 그것은 별개의 문제였다. 좋은 저녁의 비밀은, 신神이 그러한 것처럼, 디

테일에 있다.* 체코브는 공연히 간섭을 하며 조바심을 쳤다.

저녁 행사는 순조롭게 흘러갔다. 브랜디를 나누며, 체코브가 과감하게 다소 도발적인 주제를 꺼냈다. "영국은 언제나 인도 혁명가들의 온상이었습니다. 해로**가 없었다면 판디트 네루***가 무엇을 할 수 있었을까요? 간디 선생이 인격 형성기에 이곳에서 경험을 쌓지 않았다면요? 젊은 급진주의자들은 당시에 인도의 모국으로 여겨지던 이곳에서 대학을 다니면서, 심지어 파키스탄을 건설하겠다는 꿈까지 꾸었습니다.**** 영국의 지위가 하락했기에, 필연적으로 영국이 길러내는 혁명가들의 질 또한 떨어졌습니다. 카슈미르***** 사람들! 도무지 싹수라고는 없습니다. 그리고 이 칼리스탄 놈들에 대해 말하자면, 그자들은 악행이 자신들의 꿈을 하루 더 앞당겨준다고 생각하는데, 우리는 그런 생각을 뿌리 뽑아야 합니다. 그와는 정반대입니다. 정반대. 우리는 그자들을 소탕하고, 그자들을, 그 단어가 뭐더라? 아, 산산조각으로 박살낼 것입니다."

놀랍게도 체코브는 자리에서 일어나 큰 소리로 말하고 있었다.

---

* '신은 디테일에 있다'라는 건축가 루트비히 미스 반데어로에의 말에 대한 언급.

** 영국의 명문 사립 중등학교.

*** 판디트는 경칭이고 본명은 자와할랄 네루. 영국 유학 후 귀국해 인도 독립을 위해 싸웠고, 1947년 독립 인도의 첫 총리가 되었다. 인디라 간디는 네루의 외동딸이다.

**** 영국 유학파들이 주도한 인도 무슬림연맹은 독립적인 이슬람 국가 수립을 주장하며 '파키스탄 운동'을 벌였고, 실제로 1947년 파키스탄과 인도는 영국으로부터 분리 독립했다.

***** 영국 식민 통치하에서 전제 왕국의 지위를 가지고 있었으나, 1947년 인도와 파키스탄이 분리 독립할 당시 어느 국가에 귀속되는지를 두고 영토 분쟁에 휘말렸다.

체코브가 가까스로 자리에 앉으며 웃음을 지었다. 위기의 순간이 지나갔다.

"저한테 붙은 이 지독한 별명에 대해서 재밌는 점은 말입니다." 체코브가 식탁의 옆 사람에게 재빨리 말을 걸었다. 그 여자는 칠순 노인인 재계 거물의 아내였는데 거짓말처럼 젊고 매력적이었다. "당시에 우리는 그 드라마를 한 편도 보지 못했다는 겁니다. 그러니까, 그걸 볼 수 있는 텔레비전이 없었거든요. 그 모든 이야기는 미국과 영국에서 데라둔의 아름다운 산간 마을로 전해져오는 전설일 뿐이었죠.

얼마 후에 우리는 그 드라마를 소설화한 싸구려 문고판 두 권을 구했습니다. 그리고 마치 채털리 부인 유의 음란 서적이라도 되는 양 그 책을 돌려보았죠. 많은 아이들이 등장인물의 이름을 별명으로 사용하고는 했는데, 그중 두 개만이 살아남았습니다. 그 두 사람은 책에서 친한 사이로 묘사되었고, 우리 둘 또한 사이가 매우 좋았기 때문이죠. 그 다정한 아이가 저보다 어리기는 했지만. 여하튼 그래서 로럴과 하디*처럼 우리는 체코브와 줄루가 되었습니다."

"사랑과 결혼." 그 여자가 말했다.

"뭐라고요?"

"그러니까, 우유하고 오트밀처럼 그 둘이 함께 다닌다고요. 아니면, 그렇지, 자동차하고 차고처럼. 저는 옛날 노래들을 좋아해요. 라 라 라 어쩌고 형제여, 너는 재미있게 놀 수가 없어, 뭐였더

---

* 1920~40년대 미국 희극영화의 명콤비.

라, 아, 엄마 없이는." 그 여자가 말했다.

"네, 기억나는군요." 체코브가 말했다.

3

세 달 후에 줄루가 아내에게 전화를 했다.

"오 세상에, 당신 어디로 사라졌던 거예요, 살아 있기는 해요?"

"제발 내 말을 들어요, 나의 비비*. 잘 들어요, 나의 아내, 내 유일한 사랑."

"네. 알았어요. 저 침착해요. 하지만 전화 감이 안 좋네요."

"체코브한테 전화해서 적색 상황이라고 전해요."

"아레! 당신 상황에 무슨 문제가 생긴 거죠?"

"제발. 적색 상황."

"네. 알았어요. 적색."

"클링온들이 뭔가 냄새를 맡았는지도 모른다고 전해요."

"클링어온들이 뭔가 냄새를 만드는지도 모른다. 이게 무슨 뜻이죠?"

"여보, 제발."

"여기에 제대로 적었어요. 이 연필로 둘 다 적었어요."

"체코브한테 말해요. 스코티한테 지시해서 내 신호를 추적하고

* 인도에서 '아내'를 뜻하는 말.

나를 즉시 전송시켜달라고."

"무슨 헛소리예요! 당신, 아직도 그 바보 같은 놀이를 그만두지 못했군요."

"비비. 급해요. 나를 전송시켜줘.*"

체코브는 만사를 제쳐놓고 차를 몰았다. 그리고 지시받은 대로 드라이클리닝 방법을 사용했다. 로터리를 두 번 돌았고, 빨간불을 무시하고 달렸으며, 일부러 엉뚱한 방향으로 차를 돌렸고, 멈춰 서서 주변을 살폈으며, 가능한 한 우회전을 많이 하면서 혹시 자신을 뒤쫓기 위해 차량 행렬을 가로지르는 차가 없는지 확인했고, 고속도로에서는 줄루의 기술을 흉내냈다. 완벽하게 세탁이 끝났다고 확신했을 때, 체코브는 접선 장소로 향했다. '렌 데이턴을 제치고, 르카레에게 소식을 전하는 거야.'** 체코브가 생각했다.

체코브는 고속도로를 벗어나서 갓길에 차를 세웠다. 어떤 남자가 나무 뒤에서 걸어나왔는데, 목욕을 갓 마치고서 옷을 쭉 빼입은 듯한 모양새로 얼굴에는 멋쩍은 미소를 띠고 있었다. 줄루였다.

체코브는 차 밖으로 뛰어나가 친구를 껴안고서 양볼에 입을 맞췄다. 줄루의 뻣뻣한 수염이 체코브의 입술을 찔렀다. "나는 자네

---

* Beam me up. 〈스타트렉〉에서 커크 함장이 외부에서 엔터프라이즈호로 귀환해야 할 때면 기관장 스콧에게 내리던 지시.

** 렌 데이턴과 존 르카레는 영국의 양대 첩보소설가로, 렌 데이턴의 첩보원은 세상물정에 밝고 오만한 반면, 존 르카레의 첩보원은 우울하고 냉소적이다.

가 팔을 하나 잃었거나 총상을 입어 피를 쏟거나 적어도 눈에 멍이라도 들었을 줄 알았는데, 그러기는커녕 지금 자네는 공연장에라도 갈 사람처럼 차려입었군그래. 망토와 지팡이만 없다뿐이지." 체코브가 말했다.

"임무 완료. 있어야 할 것은 다 있음." 줄루가 상의 안주머니께를 툭툭 치며 말했다.

"그렇다면 적색 상황이라는 그 바크바스*는 뭐였어?"

"최악의 시나리오가 항상 현실이 되는 것은 아니지." 줄루가 말했다.

차 안에서, 체코브는 줄루의 갈색 봉투 속에 들어 있는 이름과 장소와 날짜 들을 훑어보았다. 정보는 기대 이상이었다. 잉글랜드 중부지방의 어느 갓길에서 손전등 하나가 펀자브의 특정 벽촌과 도시 뒷골목들을 비추고 있었다. 곧 검거 작전이 펼쳐질 테고, 적어도 몇몇 거물 바드마시들은 이제 숨어들 그늘을 잃게 될 것이다.

체코브가 짧고 힘차게 휘파람을 불었다.

조수석에서 줄루가 머리를 끄덕였다. "당장 떠나는 게 좋겠어. 운명을 시험하지는 말자고." 줄루가 말했다.

그들은 '가운데 땅'을 통과해서 남으로 차를 몰았다.

고속도로를 벗어나자, 이윽고 줄루가 입을 열었다. "어쨌든, 나는 그만둘래."

체코브가 차를 세웠다. 왼편의 주택들 사이로 웸블리 스타디움

---

* 인도에서 '헛소리'를 뜻하는 말.

의 쌍둥이 탑이 보였다.

"그게 무슨 소리야? 그 과격분자들이 자네를 홀린 거야 뭐야?"

"체코브, 지, 바보같이 굴지 마. 델리에서 학살이 벌어지고 있는데 누가 과격분자를 필요로 하겠어? 시크교 남자들 수백 명, 어쩌면 수천 명이 제 가족 앞에서 산 채로 머리 가죽이 벗겨지고 불태워졌어. 사내아이들까지도."

"우리도 알아."

"그렇다면, 지, 그 일의 배후에 누가 있었는지도 알잖아."

"증거가 티끌만큼도 없어." 체코브가 정부의 공식 입장을 되풀이했다.

"목격자와 사진이 있어. 우리도 알잖아." 줄루가 말했다.

"인디라 지의 일이 있은 후로, 어떤 사람들은 시크교도들이 그렇게 당해도 싸다고 생각해." 체코브가 느릿느릿 말했다.

줄루의 얼굴이 굳어졌다.

"자네가 나를 좀더 이해해줬으면 좋겠어. 줄루, 부디 제발. 우리 모두의 지랄 같은 삶을 위해서." 체코브가 말했다.

"국민회의당원 누구도 기소되지 않았어. 그들이 연루되었다는 증거가 그렇게도 많은데. 나는 사직할 거야. 자네도 그만둬야 해." 줄루가 말했다.

"자네가 그렇게 우라지게도 급진적이 되었다면 이 목록은 대체 왜 넘겨주는 거야? 왜 반만 빌어먹을 돼지처럼 구는 거야?" 체코브가 소리쳤다.

"나는 보안 왈라야." 줄루가 차문을 열면서 말했다. "테러리스트들은 어떤 부류든 다 내 적이지. 하지만 아무래도 자네는 경우에 따라 다른 모양이군."

"줄루, 차에 타, 젠장. 자네의 경력은 신경쓰지 않나? 먹여 살려야 할 아내와 자식들 넷은? 자네의 오랜 친구들은 어떻고? 자네 나한테서 등을 돌릴 셈이야?" 체코브가 외쳤다.

하지만 줄루는 이미 저멀리에 있었다.

체코브와 줄루는 두 번 다시 만나지 못했다. 줄루는 봄베이에 정착했고, 이 돈 많은 신흥도시에서 민간 경호 업체에 대한 수요가 증가하자, 그가 운영하는 '줄루 방패'와 '줄루 창' 회사도 번창하고 성장했다. 줄루는 아들 셋을 더 낳았고, 지금까지도 행복한 결혼생활을 유지하고 있다.

체코브에 대해 말하자면, 그는 아내를 얻지 않았다. 그것이 흠으로 여겨질 법했지만, 체코브는 자신이 택한 직업에서 성공을 거두었고 고속 승진을 이어갔다. 하지만 1991년 5월의 어느 날, 라지브 간디* 전 총리가 선거 유세 연설을 위해 인도 남부의 스리페룸부두르라는 마을을 방문했을 때, 우연찮게 체코브가 수행원으로 그를 배행했다. 경호는 느슨했는데, 의도적인 연출이었다. 라지브 간디는 이전 선거에서 까다로운 경호가 그와 유권자들 사이에 단절의 벽을 쌓았다고 느꼈다. 그래서 이번에는 투표인들에게 친밀

---

* 인디라 간디의 장남. 1984년 인디라 간디가 암살되자 총리직에 올랐고, 1989년 총선 패배로 실각했다.

감을 주기로 결정했다.

연설을 마친 후에 라지브 일행은 연단을 내려왔다. 체코브는 고작 몇 발짝 뒤에서 라지브를 따르다가, 어떤 조그만 타밀족 여자가 웃으며 앞으로 다가오는 모습을 보았다. 그 여자는 라지브와 악수를 하고서 손을 놓아주지 않았다. 체코브는 여자가 웃고 있는 까닭을 이해했고, 그 깨달음이 몹시도 강렬해서 마치 시간 자체가 멈춘 듯했다.

시간이 멈췄기 때문에, 체코브는 얼마간 개인적 소견을 밝힐 수 있었다. '이 타밀족 혁명가들은 영국에서 돌아온 자들이 아니잖아.' 체코브는 퍼뜩 생각했다. '그래, 마침내 우리는 자국에서 제품을 생산하는 법을 터득했고, 더는 수입이 필요치 않게 되었군. 말하자면 그 전형적인 만찬 회동은 이제 펑 하고 사라지는 거지.' 그리고 생각했다. 다소 진지하게. '비극은 사람이 죽는 방식에 있지 않아. 사람이 살아온 방식에 있지.'

체코브의 주변 풍경이 빛의 웅덩이 속으로 용해되어 사라지고, 그 자리에 엔터프라이즈호의 함교가 나타났다. 주요 인물 모두가 지정석에 자리하고 있었다. 줄루는 맨 앞쪽, 체코브 옆에 앉아 있었다. "방어막이 더는 작동하지 않습니다." 줄루가 말했다. 중앙 화면에서는, 클링온족의 버드 오브 프레이호가 은폐 장치를 해제하며 공격 태세를 갖추고 있었다.

"직격탄 한 방으로도 우리는 끝장이야. 제발, 짐, 이곳에서 도망치세." 매코이 박사가 소리쳤다.

"비논리적입니다." 일등항해사 스폭이 말했다. "다이리튬 크리스털 구동장치의 성능 악화는 우리가 워프 속도로 이동할 수 없다는 걸 의미합니다. 임펄스 동력만으로 버드 오브 프레이한테서 도망치려 한다면 그건 정말 어설픈 시도입니다. 우리의 유일한 논리적 방책은 무조건적인 항복입니다."

"클링온에게 항복하라니!" 매코이 박사가 외쳤다. "젠장, 이 냉혹한 뾰족 귀 계산기 자식아. 그놈들이 포로를 어떻게 취급하는지 몰라?"*

"페이저 비축량 완전 고갈. 방어 능력 무." 줄루가 말했다.

"클링온 함장과 접촉을 시도해볼까요, 함장님?" 체코브가 물었다. "저들은 언제라도 발포할 수 있습니다."

"고맙네, 체코브." 커크 함장이 말했다. "하지만 불필요할 것 같군. 이번에 우리는 최악의 시나리오를 수행해야 한다네. 자리를 지키게. 엔터프라이즈호처럼 굳건하게."

"버드 오브 프레이가 발포했습니다, 함장님." 줄루가 말했다.

체코브가 의연하게 줄루의 손을 꽉 쥐었고, 그러는 사이 치명적인 빛의 덩어리들이 빠르게 다가왔다.

---

* 〈스타트렉〉에서 스폭은 늘 침착한 태도를 유지하는 것으로 그려지며, "비논리적입니다"라는 지적을 즐겨 한다. 감정적인 매코이 박사는 스폭과 종종 마찰을 빚으며 그의 외모를 트집잡아 "뾰족 귀"라고 비난한다.

코터

1

서튼리-메리는, 난쟁이를 제외하고, 수위 믹스트-업이 여태껏 마주쳤던 가장 작은 여자였는데, 이 육순의 자그마한 인도 여인이 희끗희끗한 머리칼을 묶어서 뒤통수에 단정하게 쪽을 지은 채, 가두리가 붉은 흰색 사리의 앞자락을 끌어올리고서 마치 알프스산맥을 오르듯 아파트 입구의 계단을 조심조심 오르고 있었다. "아니지." 수위가 이마를 찡그리며 큰 소리로 말했다. 그 봉우리 이름이 뭐였더라. 아, 맞다, 그거였지. "고츠*." 그가 자랑스레 말했다. 오래전 학창 시절에 지리부도에서 보았던 단어. 그때는 인도가 낙원만큼이나 멀게 느껴졌었다. (요즘에는 낙원이 훨씬 멀어 보이는

* 인도 데칸고원 양쪽에 뻗어 있는 동고츠산맥과 서고츠산맥을 이르는 말.

반면, 인도, 그리고 지옥은 상당히 가까워졌다.) "동고츠산맥, 서고츠산맥, 그리고 여기는 켄징턴* 고츠산맥." 그가 키득대며 말했다.

서튼리-메리가 오크 목재로 장식된 로비에서 수위 앞에 멈춰 섰다. "하지만 인도에서는 계단도 고츠ghats라고 해요. 네, 네, 그렇고말고요. 예를 들어 힌두교의 바라나시 성지에는 다사스와메드 고트ghat라는 곳이 있는데, 브라만들이 거기에 앉아서 순례자들에게 돈을 받아요. 넓디넓은 계단이 강가** 강으로 이어지죠. 아무렴 그렇고말고요. 마니카르니카 고트도 마찬가지예요. 사람들은 지붕에서 호랑이가 뛰어내리는 어떤 집에서 불을 사요. 무슨 생각을 하는 거예요? 그러니까 총천연색으로 칠해진 호랑이 조각상 말이에요. 네, 그렇고말고요. 그리고 사랑하는 사람의 시신을 태우기 위해서 상자에 그 불을 담아가지고 가죠. 장례용 불은 백단향으로 피워요. 사진은 허락되지 않아요. 안 돼요, 안 되고말고요."

그녀는 간단하게 네 또는 아니요로 대답하는 법이 없이 항상 이렇게 네-그렇고말고요 또는 아니요-아니고말고요라고 말했고, 그래서 수위는 그녀를 서튼리-메리로 생각하기 시작했다.*** 수위는 자신이 유일하게 확신했던 뇌가 자신을 저버린 후로 혼란이 일상이 되어버린 탓에, 무엇 하나 쉽게 확신하지 못했다. 그래서 그녀

---

* 영국 런던 서부의 부촌.

** 힌두교에서 하천의 신을 이르는 말로, 갠지스 강을 신격화한 것.

*** 서튼리(certainly)는 영어에서 '그렇고말고요'처럼 대답을 강조할 때 사용하는 부사로, 원문에서 메리는 말끝에 계속 '서튼리'를 붙이고 있다.

의 확신 어린 대답에 어안이 벙벙했고, 처음에는 향수를, 다음에는 부러움을, 그다음에는 매력을 느꼈다. 매력이라는 것을 너무나 오랫동안 잊고 지냈던 터라, 그는 울렁거림이 시작되자 한동안은 시내 포장 음식점에서 집에 사 들고 온 중국 만두 때문일 거라고 생각했다.

서튼리-메리는 영어를 어려워했고, 이 또한 어눌한 늙은이 믹스트-업이 그녀에게 끌리는 계기가 되었다. p가 특히 문제였는데, 그녀는 p를 종종 f나 c로 발음했다. 바퀴 달린 고리버들 장바구니를 끌고 로비를 지나가면서 "쇼킹하러 가요"*라고 말했고, 돌아오는 길에 수위가 장바구니를 입구의 계단 위로 올려주겠다고 하면 "네, 흘리스"**라고 대답했다. 그녀는 승강기를 타고 올라가면서 쇠창살 문에 대고 이렇게 소리쳤다. "코터!*** 고마워요, 코터. 오, 네, 그렇고말고요." (하지만 힌디어나 콘칸어****를 말할 때는 p를 제대로 발음했다.)

그리하여, 왠지 속을 울렁거리게 하는 뜻밖의 마법 덕분에, 그는 이제 포터가 아닌 코터가 되었다. 그녀가 가고 나자, 그는 거울을 향해 되풀이해보았다. "코터." 입김이 거울에 작은 상형문자를 남

* shocking. 쇼핑(shopping)을 잘못 발음한 것.

** 제안을 정중히 받아들일 때 쓰는 표현인 '플리스(please)'를 '벼룩들'을 뜻하는 '흘리스(fleas)'로 잘못 발음한 것.

*** 포터(porter, 수위)를 잘못 발음한 것. 코터(courter)에는 구혼자라는 뜻이 있다.

**** 인도 서부 해안 지대에서 쓰는 언어.

겼고, 그 형상은 이내 스러졌다. "코터, 코터, 승인." 좋아. 사람들은 다양한 호칭으로 그를 불렀으나, 그는 신경쓰지 않았다. 하지만 그는 이 이름, 이 코터라는 호칭에만큼은 어울리는 사람이 되고 싶었다.

2

몇 년째 나는 서튼리-메리, 우리의 아야, 어머니 못지않게 내 여동생들과 나를 보살펴주었던 여인에 대해, 그리고 서튼리-메리가 그녀의 '코터'와 함께 런던에서 겪었던 대모험에 대해 글을 써볼 생각을 품고 있었다. 1960년대 초반에 잠시 우리 모두가 웨이벌리 하우스라는 건물에 살던 시절의 이야기인데 이런저런 사정으로 도무지 글쓸 짬을 내지 못하고 있었다.

그런데 꽤 오랫동안 소식이 없던 서튼리-메리가 최근에 나에게 연락을 해왔다. 편지에서 유모는 이제 아흔한 살이 되었고 한 차례 대수술을 받았다며, 부디 돈을 좀 보내줄 수 있겠느냐고 물었다. 지금은 봄베이의 쿠를라 지역에서 조카딸과 함께 살고 있는데, 조카딸이 몹시도 돈에 쪼들려서 유모의 입장이 난처하다고 했다.

나는 돈을 보냈고, 곧 유모의 조카딸 스텔라로부터 상냥한 편지를 한 통 받았는데, '아이아'에게서 온 편지와 필체가 똑같았다. 우리는 글자의 앞뒤를 똑같이 맞추기 위해 유모를 항상 아이아라고 불렀었다. 스텔라의 편지에 따르면, 아이아는 내가 아직까지도 자신을 기억하고 있다는 사실에 몹시 감동했다고 한다. 편지에는 이렇게 적혀 있었다. "평생 동안 선생님 일가에 대한 이야기를 들어서 그런지, 선생님이 조금은 가족같이 느껴져요. 어쩌면 제 어머니, 메리 이모의 여동생을 기억하실지도 모르겠네요. 어머니는 안타깝게도 돌아가셨어요. 이제는 제가 메리 이모를 위해서 편지를 써드리고 있어요. 만사형통하시길 빌게요."

사랑하는 모국으로부터 강제로 유배당한 나는 이 친근하고도 낯선 이의 서신을 받고서 가슴이 뭉클했으며, 매우 깊은 곳에 묻어두었던 감정들이 꿈틀거렸다. 물론 지난 세월 동안 메리에게 해준 것이 거의 없다는 사실에 자책감도 느꼈다. 이유야 어찌되었건 내가 그토록 오랫동안 쓰지 못하고 가슴속에 담아두고만 있었던 이야기, 아이아와 그녀가 무심코 사랑에 관한 예언을 함축해 '코터'라고 새로 이름 붙인 그 온화한 사내에 관한 이야기를 기록하는 것이 이제 어느 때보다 중요해졌다. 나는 이것이 그들만의 이야기가 아니라 우리의 이야기, 그리고 나의 이야기임을 안다.

3

그의 진짜 성은 메시어Mecir였다. 원래는 미시르시라고 발음해야 했다. 내 여동생 두레가 진지하게 주장하던 바에 따르면, 철의 장막 저편의 언어에는 보이지 않는 강세 부호가 존재하는데, 감시나 암살, 뭐 그런 경우를 대비해서 그 부호는 겉으로 드러나지 않아야 했다. 그의 이름도 성처럼 m으로 시작하긴 했는데 우리가 공산주의 자음이라고 부르는 것들로 가득해서, 다시 말해 숨 돌릴 틈을 주는 모음 하나 없이 z와 c와 w들이 빈틈없이 벽을 쌓고 있어서 나는 그 이름을 알려고 시도조차 하지 않았다.

처음에 우리는 5차원에서 온 조그만 악당의 이름을 그에게 별명으로 붙여줄까 생각했었다. 그 악당은 만화책의 등장인물로 이름이 미스터 믹스예즈티플릭Mxyztplk이었고, 엘머 퍼드*를 약간 닮았는데, 걸핏하면 슈퍼맨의 삶을 생지옥으로 만들고는 하다가 슈퍼맨에게 속아 제 이름을 거꾸로 킬피트지짐Klptzyxm이라고 발음하고서 도로 5차원으로 사라져버렸다. 하지만 우리는 (킬피트지짐은 고사하고) 믹스예즈티플릭을 어떻게 발음해야 하는지도 확실히 몰랐기 때문에 그 생각을 포기했다. "아저씨를 그냥 '믹스트-업'**이라고 부를게요. 미슈터 믹시트-업 미시르시." 삶을 간소화하는 차원에서 나는 기어이 그렇게 말해버렸다. 그때 나는 열다섯 살이었고 허튼짓을 하지 못해 안달이 난 상태였으므로, 사람의 면전에 대고 거리낌없이 그런 말을 할 수 있었고, 뇌졸중을 앓는 미스터 메시어보다 통명스러운 사람에게도 능히 그럴 수 있었다.

내가 아주 생생하게 기억하는 것은 그의 청소용 분홍 고무장갑인데, 그는 결코 그것을 벗지 않을 것 같았다. 적어도 서튼리-메리

* 만화영화 〈루니 툰스〉에서 벅스 버니를 노리는 사냥꾼.

** Mixed-up. 정서장애가 있다는 뜻이다.

를 데리러 오기 전까지는……

어쨌든 내가 그에게 무례한 짓을 하자 여동생 두레와 무니자가 승강기에서 키득댔고, 메시어는 그저 멍하고 온화하게 벙글대며 고개를 끄덕이더니, "너 좋을 대로 불러, 괜찮아"라고 말하고는 다시 놋쇠를 닦아 광을 내는 데 골몰했다. 그렇게 나온다면 그를 집적여봤자 헛수고였기에 나는 그냥 승강기에 올랐고, 오층까지 가는 내내 우리는 목이 터져라 레이 찰스의 목소리를 흉내내며 〈I Can't Stop Loving You〉를 불렀는데, 그 소리는 정말로 끔찍했다. 하지만 우리는 선글라스를 쓰고 있었고, 그래서 아무래도 상관없었다.

4

1962년 여름방학 때의 일이었다. 막내 여동생 셰에라자드는 막 한 살이 되었다. 두레는 최신 유행 올림머리를 하고 다니는 열네 살 소녀였다. 열 살이 된 무니자는 이미 충분히 골칫거리였다. 우리 셋은, 아니 더 정확하게 말해 두레와 나는 우리 패거리에 끼려고 기를 쓰는 무니자를 따돌리고서 셰에라자드의 침대를 내려다보며 노래를 불러주곤 했다. "동요 금지." 두레의 선언으로 동요는 한 곡도 허락되지 않았는데, 그애는 나보다 한 살 어리기는 했지만 천생 대장이었다. 그래서 처비 체커, 닐 세다카, 엘비스 프레슬리, 팻 분의 최신 인기곡을 우리 마음대로 바꿔 부른 노래들이 갓난아이 셰에라자드의 자장가가 되었다.

"왜 집에 오지 않나요, 스피디 곤잘레스?"* 우리는 악을 쓰며 감미로운 불협화음을 만들어냈다. 하지만 무엇보다 백미는 율동까지 곁들여서 펄쩍 뛰어내리고 빙그르 돌며 목화 뭉치를 따는** 것이었다. 별일 없었다면 아마 우리는 온종일 펄쩍 뛰어내리고 빙그르 돌며 목화 뭉치를 땄을 것이다. 하지만 아래층에 사는 B 마하라자***가 항의를 했고, 결국 아이아 메리가 들어와서 우리에게 조용히 하라고 사정했다.

"저기 있잖아, 점블****-아이아가 믹스트-업한테 홀딱 빠졌대." 두레가 소리치자, 메리는 진짜로 엄청나게 얼굴이 빨개졌다. 그래서 당연히 우리는 곧장 미-오-마이-오, 세상에, 정말 재미있었네*****로 넘어갔다. 하지만 그때 아기가 빽빽대기 시작했고, 아버지가 황소처럼 머리를 숙이고 양쪽 귀에서 김을 뿜으며 들어오셨다. 우리에게는 되도록 많은 행운의 부적이 필요했다.

내가 영국의 기숙학교에서 생활한 지 일 년이 지났을 무렵, 아바******는 이곳으로 가족을 데려오기로 결정했다. 아버지의 모든 결정

---

* 팻 분의 〈Speedy Gonzales〉의 노랫말.

** 미국 민요 〈Pick a Bale of Cotton〉의 노랫말.

*** 인도에서 '토후'를 뜻하는 말.

**** jumble. 고물단지.

***** 미국 컨트리음악 가수 행크 윌리엄스의 곡 〈Jambalaya (On the Bayou)〉(잠발라야)의 노랫말. '점블-아이아'와 발음이 유사한 제목을 연상한 것이다.

****** 인도에서 '아버지'를 뜻하는 말.

이 그러하듯, 어떠한 설명도 어떠한 의논도 없었다. 심지어 어머니에게조차. 처음 도착했을 때 아버지는 지저분한 베이스워터 지역에 위치한 그레이엄 코트라는 아파트의 서로 이웃한 셋집 두 채를 임차했는데, 그 아파트는 ABC 퀸즈웨이 극장 옆길을 따라 포체스터 목욕탕으로 향하는 보잘것없는 거리에 슬그머니 숨어 있었다. 아버지는 집 하나를 독차지했고, 나머지 하나에 어머니와 세 여동생, 그리고 아이아를 몰아넣었다. 방학중에는 나까지도. 술을 자유롭게 구할 수 있는 영국은 아버지의 성품에 별로 이롭지 않았고, 그래서 우리끼리 따로 아파트 한 채를 사용한다는 사실이 어느 정도 위안이 되었다.

거의 매일 밤 아버지는 조니 워커 레드 라벨 한 병과 소다수 한 병을 비웠다. 어머니는 저녁에 감히 '아버지의 영역'으로 건너가지 못했다. 어머니는 말했다. "너희 아버지가 나한테 인상을 쓰거든."

아이아 메리는 아바에게 저녁을 가져다주었고 아버지의 모든 부름에 응했다. (아버지는 필요한 게 있으면 우리한테 전화를 걸어서 그걸 찾고는 했다.) 어떻게 메리가 아버지의 주사를 피할 수 있었는지는 잘 모르겠다. 아이아는 자신이 아버지보다 아홉 살 많고, 그래서 아버지에게 마땅한 예의를 갖추라고 요구할 수 있기 때문이라고 했다.

하지만 몇 달 후에 아버지는 거창한 주소를 지닌 아파트 오층의 방 세 개짜리 셋집을 임차했다. 이것이 바로 우편번호 W8, 런던 켄징턴 코트의 웨이벌리 하우스였다. 이곳에는 인도 마하라자가 하나도 아닌 둘이나 살았는데, 이미 앞에서 언급했던 늙은 B씨뿐 아니라 운동을 좋아하는 왕자 P씨도 있었다. 이제 우리는 한곳에서 복작댔으며, 부모님과 갓난아기 스케어*-자드(동기들이 애정을 담아 그 아이를 그렇게 부르기 시작했다)는 안방에서, 우리 셋은 훨씬 더 작은 방에서, 그리고 메리는 유감스럽게도 문간의 양탄자 위에 돗자리를 깔고 생활했다. 세번째 방은 아버지가 사무실로 사용했는데, 그곳은 아버지가 통화를 하고, 브리태니커백과사전과 『리더스 다이제스트』 그리고 (자물쇠로 단단히 잠근) 텔레비전 장을 두는 장소였다. 우리는 위험을 무릅쓰고 그 방에 들어갔다. 그곳은 미노타우로스의 미궁이었다.

어느 날 아침, 아버지는 모퉁이 약국에 들러서 아기 용품 몇 가지를 사 와야 했다. 그런데 집에 돌아온 아버지는 상처 입은 남학생 같은 표정을 짓고서 한 손으로 뺨을 누르고 있었다. 나는 아버지의 그런 표정을 난생처음 보았다.

"그 여자가 때렸어." 아버지가 애처롭게 말했다.

"하이! 알라-토바**! 여보!" 어머니가 호들갑을 떨며 소리쳤다. "누가 당신을 때렸다고요? 당신 다쳤어요? 봐요, 좀 보여줘요."

"나는 아무 짓도 안 했어." 아버지가 한 손에 약국 봉지를 든 채 메시어의 고무장갑 같은 분홍빛 얼굴로 문간에 서서 말했다. "당

* Scare. 겁쟁이.

** '오오 세상에.' 인도에서 쓰는 감탄사.

신이 적어준 목록을 가지고 안으로 들어갔거든. 그 아가씨는 아주 친절해 보였어. 이유식이랑 존슨스 파우더랑 유아용 잇몸 연고를 부탁하니까 그 여자가 가져다주더라고. 그런 다음에 내가 혹시 유두 있냐고 물었더니, 그 여자가 손바닥으로 내 얼굴을 때렸어."

"단지 그것 때문에요?" 어머니가 경악했다. 그리고 서튼리-메리가 어머니를 거들고 나섰다. "이게 무슨 터무니없는 일이죠? 나도 그 약사네 쇼크*에 가본 적이 있는데, 거기에 아주 밝은 요도**가 크기별로 전부 전시돼 있었어요."

두레와 무니자는 더는 참을 수가 없었다. 둘은 바닥을 데굴데굴 구르고 큰 소리로 웃으며 허공에 발길질을 했다.

"너희 둘, 당장 조용히 하지 못해." 어머니가 명령했다. "어떤 미친 여자가 아버지를 때렸어. 그런데 어디가 그렇게 웃겨?"

"말도 안 돼." 두레가 헐떡거렸다. "아버지가 그 여자한테 가서 이렇게 말했다는 거잖아요." 두레는 다시금 참을성을 잃고서 배를 움켜쥔 채 발을 굴렀다. "혹시 유두 있소?"

아버지는 노여움으로 얼굴이 벌게졌다. 두레가 마음을 가라앉히려 한참을 애쓴 끝에 말했다. "하지만 아바. 여기에선 그걸 젖꼭지라고 해요."

그러자 어머니와 메리가 손을 입으로 가져갔다. 아버지도 충격을 받은 모습이었다. "하지만 낯들도 두껍지!" 어머니가 말했다.

---

* shock. 숍(shop)을 잘못 발음한 것.

** '많은 유두'를 잘못 말한 것.

"어떻게 가슴에 있는 걸 가리키는 말을?" 어머니는 얼굴을 붉히며 부끄러움으로 혀를 내둘렀다.

"이 영국인들." 서튼리-메리가 한숨을 쉬었다. "정말 참기 힘들지 않나요? 네, 아무렴요, 그렇고말고요."

나는 이 일화를 유쾌하게 기억하는데, 그렇게 당황한 아버지의 모습을 본 것이 그때뿐이었기 때문이다. 그래서 이 사건은 전설이 되었고, 약국의 아가씨는 우리에게 최고의 영웅으로 등극했다. (두레와 나는 그 아가씨를 한번 보기나 하려고 약국에 들렀다. 점원은 열일곱 살쯤 된 작고 못생긴 여자애였는데, 가슴이 커서 무척 눈에 띄었다. 소곤대는 우리를 그 여자가 아주 험악하게 쏘아보는 통에 우리는 재빨리 달아나야 했다.) 나는 그렇게 대충 웃고 떠들면서, 오랫동안 영국에서 생활했던 나 역시 아바와 똑같은 실수를 저질렀을지도 모른다는 부끄러운 진실을 감출 수 있었다.

영어 때문에 고생하는 사람은 서튼리-메리와 부모님만이 아니었다. 내가 양육을 봄베이식으로 '육양'이라고 말하거나 (예컨대 '너는 어디에서 육양되었어?') 세 배를 '세 곱'이라고, 옆 접시를 '쪽접시'라고, 일반적인 파스타를 '마카로니'라고 말하면 학교 친구들이 킥킥댔다. 이렇게 유두와 젖꼭지의 차이에 대해 알게 되긴 했지만, 정말로 그때까지 나는 그런 영역의 어휘력을 늘릴 기회가 전혀 없었다.

5

믹스트-업이 찾아왔을 때 나는 서튼리-메리에게 약간 샘이 났다. 그는 아주 헐렁해진 낡은 정장을 입고서 바지를 허리띠로 꽉 졸라맨 채, 송구함으로 몸을 떨며 초인종을 눌렀다. 고무장갑을 벗은 손에는 장미가 들려 있었다. 아버지는 문을 열고 위압적인 표정으로 그를 쳐다보았다. 아바는 속물이었기 때문에, 아파트에 직원용 출입구가 따로 없어서 수위마저 아버지와 같은 세계의 일원으로 취급받는다는 사실에 불쾌해했다.

"메리." 믹스트-업은 입술을 핥고서 축 늘어진 백발을 뒤로 넘기며 간신히 말했다. "미스 메리 만나러, 나, 왔어요."

"기다리시오." 아바가 믹스트-업의 면전에서 문을 닫았다.

그 첫번째 데이트가 완벽한 성공작은 아니었지만, 서튼리-메리는 그때부터 줄곧 반휴일 오후에는 늙은 믹스트-업과 시간을 보냈다. 그는 메리를 런던의 동쪽 끝에서 서쪽 끝으로 데리고 다니며, 메리가 한 번도 본 적 없는 관광 명소를 구경시켜주었다. 한번은, 피커딜리서커스의 상행 에스컬레이터 맨 꼭대기에서, 메시어가 영어를 읽을 줄 모르는 메리를 위해 포스터의 글자들을 힘겹게 발음하고 있었다. 바나나 껍질을 벗겨보세요. 그리고 목마를 땐, 이드리스.* 그런데 그때 메리의 사리가 기계 틈새에 끼었고, 에스컬레이

---

* 각각 바나나 소비 권장 광고와 음료 광고.

터의 잡아당기는 힘에 옷이 풀리기 시작했다. 메리는 팽이처럼 하릴없이 빙글빙글 돌면서 목이 터져라 소리를 질렀다. "오 바프! 바푸-레! 바프-레-바프-레-바프*!" 사리가 완전히 풀려서 메리의 속치마가 온 세상에 공개되기 직전에, 믹스트-업이 긴급 정지 버튼을 눌러서 메리를 구했다.

"오, 코터!" 메리가 그의 어깨에 기대어 흐느꼈다. "오, 이제 에스칼리이터는 안 돼요, 코터, 두 번 다시는, 절대로 안 돼요!

나는 두레의 단짝 친구인 로잘리아라는 폴란드 여자애에게 빠져 사랑의 열병을 앓았다. 로잘리아는 방학중에 옥스퍼드 스트리트의 페이먼 신발 가게에서 아르바이트를 했는데, 나는 이 년 동안 방학 내내, 그리고 시간이 날 때마다 애절하게 그애를 쫓아다녔다. 우리는 가끔 함께 점심을 먹었고 내가 그애에게 콜라와 샌드위치를 사주기도 했으며, 한번은 그애와 화이트 하트 레인 경기장의 관람석에 서서 토트넘 홋스퍼로 이적한 지미 그리브스의 첫 경기를 지켜보았다. "힘내라 하얀 전사여." 우리 둘 다 충직하게 소리쳤다. "힘내라 백합처럼 하얀 전사여." 그후에 그 아이는 나를 페이먼 가게의 뒷방으로 불러들여서 두 차례 입을 맞추고 가슴을 만지도록 허락해주었지만, 딱 거기까지였다.

그런 다음 친척뻘인 찬드니가 나타났는데, 그애의 이모가 나의

* '오 아버지! 세상에! 세상에-세상에-아버지!'라는 뜻.

외삼촌과 결혼했다가 헤어졌다. 찬드니는 나보다 열여덟 달 먼저 태어났으며, 몸시도 도발적이라 사람을 달뜨게 했다. 그애는 인도 전통 무용수가 되려고 나티암뿐 아니라 오디시*까지 배우고 있었지만, 그러는 중에도 이따금씩 꼭 끼는 검정 진바지와 몸에 딱 달라붙는 검정 터틀넥 스웨터를 입고서 나를 데리고 번지스 음악다방에 가서 시간을 보냈다. 그애는 그곳에 자주 들락거리는 포크 음악 패거리 대다수와 알고 지냈고, 그곳에서 '찬드니'의 영어식 이름인 문라이트**로 통했다. 나는 포크 음악 팬들과 어울려 줄담배를 피운 다음 화장실로 가서 구토를 했다.

찬드니는 집착의 대상이었다. 그애는 십대의 꿈이었고, 요염한 검정 옷을 차려입고 지상으로 내려온 강가 여신이자 달빛 강이었다. 하지만 그애에게 나는 단지 새파란 애송이 친척에 불과했고, 그애는 세상 물정을 모르는 사람에게 친절하게 대해주는 것뿐이었다.

셰-에-리, 오늘밤에 안 나올래요? 포시즌스가 요들 창법으로 노래를 불렀다. 나는 그들의 기분을 정확히 알았다. 오-오-오늘밤에 나, 나, 나와줘요. 그리고 내친김에, 나를 사랑해줘요.

---

* 둘 다 인도 정부의 인증을 받은 전통 무용. 오디시는 영국 식민 통치하에서 억압되다가 1950년대에 복권되었다.

** Moonlight(달빛).

6

두 사람은 켄징턴 공원으로 산책을 나갔다. "팬." 믹스트-업이 조각상을 가리키며 말했다. "길 잃은 아이. 결코 안 자라."* 그들은 바커스 백화점, 폰팅스 백화점, 데리 앤드 톰스 백화점에 가서, 상상 속의 집을 그리며 가구와 커튼을 선택했다. 그리고 슈퍼마켓을 돌아다니며, 함께 먹을 초라한 별미를 골랐다. 메시어의 비좁은 휴게실에서 두 사람은 메시어가 '침팬지 차'**라고 부르는 것을 홀짝이며 전기난로 앞에서 크럼펫 빵***을 데웠다.

믹스트-업 덕분에 메리는 드디어 텔레비전을 볼 수 있게 되었다. 메리는 어린이 프로그램, 그중에서도 특히 〈고인돌 가족〉을 좋아했다. 한번은 메리가 믹스트-업에게 프레드와 윌마를 보면 위층의 사히브와 베굼 사히바****가 떠오른다고 털어놓으며 스스로도 대범하다고 생각했는지 킥킥 웃었다. 그러자 코터도 메리의 대담성에 부응해, 서트리-메리와 자신을 차례로 가리키더니, 벌어진 이가 드러나도록 함박웃음을 지으며 '러블 부부'*****라고 말했다.

---

* 켄징턴 공원에 있는 피터 팬 입상을 말한다. 『피터 팬』에서, 켄징턴 공원의 길 잃은 아이들은 피터 팬이 사는 네버랜드로 보내진다.

** 영국의 저가 홍차 브랜드 피지 팁스. 1950~70년대 텔레비전 광고에 사람처럼 다과회를 하는 침팬지들을 등장시켰다.

*** 영국에서 흔히 먹는 동글납작한 빵.

**** '사히바'는 인도에서 여성에게 쓰는 경칭.

***** 〈고인돌 가족〉의 등장인물.

나중에 뉴스에서 성긴 콧수염을 기른 여우같이 생긴 영국인이 눈을 희번덕대며 이민자들을 맹렬히 규탄하자, 서튼리-메리가 손으로 텔레비전을 찰싹 때렸다. "칼리-필리 봄 마르타." 메리는 항의했고, 방 주인을 위해 자기 말을 통역했다. "저 남자는 괜히 소리치고 또 소리치고 있어요. 나쁜 사람! 저거 꺼버려요."

두 사람은 종종 B 마하라자와 P 마하라자의 방해를 받았는데, 그들은 아내 몰래 다른 여자들에게 연락하기 위해 아래층으로 내려와 수위실의 공중전화를 썼다.

"오, 자기, 그놈은 잊어." 운동선수 같은 P 왕자가 말했다. 그는 일평생 흰색 테니스복만 입고 지내는 듯했고, 두툼한 롤렉스 금시계가 팔뚝의 북슬북슬한 털 속에 거의 파묻혀 있었다. "그놈보다 내가 당신한테 더 멋진 시간을 안겨줄 수 있어, 자기. 그러니까 내 말대로 해."

B 마하라자는 나이가 더 많고 더 못생겼고 더 사무적이었다. "그래, 용품을 전부 챙겨 와. 방은 더글러스 홈이라는 이름으로 예약해뒀어. 6시 45분에서 7시 15분 사이에. 요금표는 인쇄했어? 제발. 2피트짜리 자도. 나무 자로. 그리고 주름 장식이 달린 앞치마도."

이것이 내 머릿속에 남아 있는 웨이벌리 하우스에 대한 기억이다. 불행한 결혼생활, 술, 바람둥이, 그리고 충족되지 않는 젊은 욕정들이 한덩어리로 섞여 부글대는 모습. P 마하라자는 매일 밤 잘빠진 금발 아가씨들과 빨간 스포츠카를 타고 런던의 도박장으로

부릉대며 떠났고, B 마하라자는 밤에도 선글라스를 끼고 한여름에도 외투의 옷깃을 세우고서 살금살금 켄징턴 번화가로 향했다. 그리고 우리의 작은 우주 한가운데에서 서튼리-메리와 코터가 침팬지 차를 마시며 베드록*의 국가를 따라 불렀다.

하지만 두 사람은 바니 러블과 베티 러블 부부하고 꼭 닮지는 않았다. 메리와 코터는 정중하고 공손했다. 그리고…… 기품이 있었다. 코터는 메리에게 구애했고, 메리는 부채를 든 내숭쟁이 곱슬머리 처녀처럼 고개를 살짝 끄덕이고서, 그의 사랑을 받아들였다.

7

1963년 어느 중간방학**에, 나는 서퍽 주 베클스에 있는 육군 원수 찰스 러트위지도지슨 경의 집에서 주말을 보냈는데, 그는 원로 인도 전문가이자 부모님의 친구이며 내 영국 시민권 신청서의 신원보증인이었다. '도도새'***라는 별명으로 유명한 그 사람은 나를 더 잘 알고 싶다면서 나 혼자만 덜렁 그곳에 초대했다.

그는 얼굴 피부가 축 처지기 시작한 거한이자, 작은 초가집에 살면서 끊임없이 여기저기 머리를 부딪는 거인이었다. 그가 불쑥불쑥 화를 내는 것도 당연했다. 그는 지옥에 있었다. 그는 크로케 철

* 만화 〈고인돌 가족〉의 공간적 배경이 되는 석기시대 마을.

** 영국의 중등학교에서 매 학기 중간에 일주일씩 시행하는 짧은 방학.

*** 날개가 퇴화한 거대한 새. 17세기에 멸종했다.

주문鐵柱門과 교회 종, 오래된 적갈색 사진, 낡은 전쟁 나팔로 이루어진 장미 화원 릴리퍼트*에 갇힌 걸리버였다.

주말이 종잡을 수 없이 어색하게 흘러가고 있었고, 마침내 도도가 나에게 체스를 둘 줄 아느냐고 물었다. 육군 원수와 체스를 둔다는 생각에 약간 위압감을 느끼면서 나는 고개를 끄덕였다. 그리고 구십 분 후, 놀랍게도 내가 이겼다.

나는 늙은 군인의 오랜 가정부 리들 부인에게 조금 우쭐댈 요량으로, 다소 거들먹거리며 주방으로 걸어들어갔다. 하지만 내가 들어서자마자 리들 부인이 말했다. "설마 이겨버렸어?"

"네." 내가 태연한 척 말했다. "사실대로 말하자면, 네, 제가 이겼어요."

"맙소사." 리들 부인이 말했다. "이제 뒤탈이 따를 거야. 저기로 돌아가서 한 판 더 청한 다음에 이번에는 반드시 져주거라."

나는 들은 대로 했지만 다시는 베클스에 초대받지 못했다.

하지만 도도에게 승리를 거둔 후에 나는 체스보드 앞에서 새로운 자신감을 얻었고, 그래서 O 레벨 시험**을 치르고서 웨이벌리 하우스로 돌아온 직후 믹스트-업에게서 체스 한 판 두자는 요청을 받았을 때 (메리가 나의 베클스 전투 승리에 대해 그에게 대단히 자랑스레 떠벌렸던 모양이다) 이렇게 말했다. "좋아요, 나는 상관

---

* 걸리버 여행기에 등장하는 소인국.

** 과거에 영국에서 중등교육을 제대로 이수했는지 평가하기 위해 치르던 과목별 시험.

없어요." 어쨌든 늙은 얼간이를 완파하는 데 뭐 얼마나 걸리겠어?

그리고 왕의 학살이 뒤따랐다. 믹스트-업은 나를 그냥 이긴 것이 아니었다. 나를 한쪽만 살짝 익혀서 아침식사로 해치웠다. 믿기지가 않았다. 그의 신중한 초반 전개, 능수능란한 수의 조합, 강한 공격력, 그리고 나의 터무니없이 갑갑하고 무력한 형세. 나는 두번째 판을 청했다. 이번에 믹스트-업은 한층 더 열심히 나를 몰아붙였다. 막판에 나는 맥없이 의자에 앉은 채 금방이라도 눈물을 쏟을 듯했다. 〈Big Girls Don't Cry〉*라는 노래를 떠올렸지만, 머릿속에 맴도는 가사는 이것뿐이었다. 그건 단지 핑계일 뿐이야.

"아저씨는 대체 누구죠?" 내가 따져 물었다. 굴욕감이 모든 음절을 무겁게 내리눌렀다. "변장한 악마?"

믹스트-업이 바보처럼 함박웃음을 지었다. "그랜드 마스터.** 오랫동안, 선두에." 그가 말했다.

"그랜드 마스터군요." 여전히 멍한 상태로 내가 되풀이했다. 그때, 그 경악의 순간에, 최고의 체스 경기에 관한 책들에서 보았던 메시아라는 이름이 떠올랐다. "님조 인디언."*** 내가 외쳤다. 믹스트-업은 환하게 웃으며 세차게 고개를 끄덕였다.

"그 메시어?" 내가 경탄하며 물었다.

---

* '다 큰 여자는 울지 않아'라는 뜻. 포시즌스의 1962년 히트곡.

** 국제체스연맹이 부여하는 칭호로, 세계챔피언을 제외하면 체스 기사가 획득할 수 있는 가장 높은 자격.

*** 체스 초반 전개의 한 방법을 일컫는 명칭.

"그." 믹스트-업이 말했다. 그의 늙고 처진 입 한쪽 귀퉁이에서 침이 흐르고 있었다. 이 망가진 노인이 그 책들 속에 있었다. 그가 그 책들 속에 있었다. 그리고 그는 돌덩어리로 변한 머리로 여전히 나를 납작하게 누를 수 있었다.

"이제 숙녀하고 해." 믹스트-업이 활짝 웃었다. 나는 무슨 말인지 이해하지 못했다. "숙녀 메리." 그가 말했다. "그럼 그럼, 그렇고말고."

메리가 내 대답을 기다리며 차를 따랐다. "아이아, 체스 둘 줄 모르잖아." 내가 어리둥절해하며 말했다.

"배우고 있단다, 바바*." 메리가 말했다. "그게 뭐라고, 나? 그냥 놀이잖니."

메리 역시 나를 무자비하게 이겼다. 그것도 검은 말로.** 내 인생 최고의 날은 아니었다.

8

로버트 레셉스키의 『가장 유익한 체스 경기 100』(1961)에서:

M. 메시어 대 M. 나이도르프

---

* 인도에서 남자아이를 다정하게 부를 때 쓰는 말.

** 체스에서는 흰 말이 첫 수를 두는데, 먼저 두는 쪽이 대체로 유리하다.

1950년 댈러스, 님조 인디언 방어

전술가의 공격을 만나면 골치가 아프겠지만, 전략가의 공격은 더더욱 그렇다. 전술가의 위협은 오해의 여지가 없는 반면, 전략가는 상황을 유보시킴으로써 문제의 핵심을 혼동하게 만든다. 전략가는 위협하겠다고 위협한다!

이 경기를 예로 들어보자. 메시어는 중앙을 견제하기 위해 나이트를 Q6으로 이동한다. 그리고 지나쳐온 폰을 윙에 배치해 상대의 퀸 사이드를 점거한다. 마침내 메시어는 킹 사이드로 침투해 진지를 휘젓는다. 가련한 상대가 갈팡대며 무얼 하겠는가? 어떻게 한번에 모든 것을 방어할 수 있겠는가? 어디에 일격이 가해질 것인가?

메시어가 좌우로 공격을 전환하면서 나이도르프를 계속 도망다니게 하는 모습을 보라!

체스는 그들만의 언어가 되었다. 늙은 믹스트-업은 비록 말을 잃었지만, 체스보드 위에는 그의 언어 능력에서 사라진 명료함과 섬세함이 아직 많이 남아 있었다. 서튼리-메리는 읽거나 쓸 줄도 모르고, p도 발음할 줄 모르는 사람치고는 정말 놀라운 속도로 체스를 익혀 나를 쓰라리게 했다. 메리는 기술이 늘어갈수록 몰락한 거장의 지혜를 더 잘 이해하고 그에 응수했으며, 정말 뜻밖에도 그러한 과정을 통해 유대를 구축했다.

믹스트-업은 대단히 끈기 있게 메리를 가르쳤는데, 말없이 시범을 보이면서 초반 전개와 수의 조합, 종반전 기술을 거듭거듭 되풀이했고, 마침내 메리는 이 본보기들의 의미를 이해하기 시작했다. 둘이서 체스를 둘 때면 믹스트-업은 자신에게 불리한 조건을 붙였고, 메리에게는 최상의 수를 일러준 뒤 그 결과를 입증해 보이면서 차근차근 메리를 체스의 무한한 가능성 속으로 끌어들였다.

그런 것이 바로 그들의 구애였다. "마치 모험 같단다, 바바." 한 번은 메리가 나에게 애를 쓰며 설명했다. "그 사람하고 그 사람의 나라에 가는 것 같아, 알겠니? 얼마나 멋진 곳인지, 바프-레! 아름답고 위험하고 재미있고, 허즐*로 가득해. 나한테 그건 크나큰 발견이야. 뭐라고 말해야 할까? 나는 그 놀이가 좋아. 정말 신기해."

그때 나는 둘 사이가 얼마나 진전되었는지 깨달았다. 서튼리-메리는 결혼한 적이 없으며, 지금 나이에 그런 바보짓을 시작하기는 너무 늦었다고 늙은 믹스트-업에게 분명히 밝혔다. 코터는 홀아비였으며, 높아져만 가는 동유럽 장벽 저편 어딘가에는 오래전에 헤어진 장성한 자녀들도 있었다. 하지만 그들은 체스 경기에서 연애의 한 형태, 지루할 새 없이 계속해서 되살아나는 새로움, 노년을 위한 우아한 꿈나라를 발견했다.

도도라면 이 모든 상황을 어떻게 받아들였을까? 체스가, 모든 놀이 중에서도 하필이면 체스가, 이 멋진 전쟁놀이가 사랑의 예술로 탈바꿈한 모습에, 그는 분명코 분개했을 것이다.

나에 대해 말하자면, 나는 서튼리-메리와 코터에게 패배한 뒤

* fuzzle. 퍼즐(puzzle)을 잘못 발음한 것.

에 한층 심한 굴욕감에 빠져들었다. 두레와 무니자가 볼거리에 걸렸고, 우리를 떼어놓으려던 어머니의 노력에도 불구하고 결국 나도 옮았다. 겁에 질린 채 침대에 누워 있는 나에게 의사는 될 수 있으면 일어서서 돌아다니지 말라고 경고했다. "네가 돌아다닌다면 부모님이 너를 벌줄 필요도 없을 거야. 너는 그 대가를 톡톡히 치르게 될 테니까." 의사가 말했다.

그로부터 몇 주 동안 나는 기괴하게 부어오른 고환과 그후 축 늘어진 발기부전의 삶을 상상하며 밤낮없이 괴로움에 시달렸다. 시작도 못 해보고 끝나다니, 억울해! 게다가 여동생들의 빠른 회복과 끊임없는 조롱으로 나는 한층 더 고통스러웠다. 하지만 결국 나는 운이 좋았다. 그 병이 최남단까지 퍼지지는 않았다. "백한 명의 여자친구들이 얼마나 행복해할지 생각해봐, 바이*." 두레가 비웃었다. 두레는 내가 로잘리아 및 찬드니 관련 분야에서 연이은 실패를 맛보았다는 사실을 전부 알고 있었다.

라디오에서 줄곧 사람들이 열여섯 살이 되는 즐거움에 대해 노래했다.** 나는 유쾌한 시간을 보내고 있는 내 또래의 소년 소녀들이 모두 어디에 있는지 궁금했다. 스튜드베이커 컨버터블을 타고 미국을 돌아다니고 있나? 확실히 내 주변에는 없었다. 그해 여름 런던 W8 구역은 샘 쿡에게 점령당했다. "또다른 토요일 밤……"*** 바가지 머리들의 사랑 노래****가 계속 1위를 차지했지만 나는 순

---

* 인도에서 남자 형제를 부를 때 쓰는 말.

** 닐 세다카의 히트곡 〈Happy Birthday Sweet Sixteen〉(1961)에 대한 언급.

*** 미국 가수 샘 쿡의 곡 〈Another Saturday Night〉(1963)의 노랫말.

위 저 밑바닥에 있는 외로운 샘과 더불어 우울해했고, 누군가가 곁에 있기를 몹시도 바랐으며 이래저래 대체로 기분이 정말 더럽게도 끔찍했다.

9

"바바, 빨리 좀 와봐."

늦은 밤 아이아 메리가 나를 흔들어 깨웠다. 메리는 수차례 다급하게 쉿 소리를 낸 끝에 가까스로 나를 잠에서 끄집어냈고, 잠옷 차림으로 하품을 하는 나를 현관으로 끌고 갔다. 믹스트-업 코터가 집밖의 층계참 벽에 웅송그리고 기대어 울고 있었다. 눈에 멍이 들고 입에 피가 말라붙어 있었다.

"무슨 일이야?" 내가 놀라서 메리에게 물었다.

"남자들이 겁줘. 때려." 믹스트-업이 흐느꼈다.

그날 초저녁에 믹스트-업이 휴게실에 있는데, 운동을 좋아하는 P 마하라자가 불쑥 들어와서 말했다. "누가 와서 나를 찾으면, 알겠지, 거칠게 생긴 남자들 말이야, 알겠지, 나는 나간 거야, 알겠지? 오, 차 마셔. 그 사람들 올려보내지 마, 알겠지? 팁 많이 줄게, 알겠지?"

잠시 후 늙은 B 마하라자도 괴로운 표정으로 메시어의 휴게실

**** 비틀스의 히트곡 〈She Loves You〉(1963).

로 들어왔다.

"수노*, 들어봐." B 마하라자가 말했다. "자네는 내가 어디에 있는지 모르는 거야, 사마즈 리야**? 이해했어? 어떤 상놈들이 물어볼지도 몰라. 자네는 모르는 거야. 나는 외국에 있어. 아차***? 장기 해외여행. 자네 일을 하라고, 수위. 보상은 후하게 할게."

밤늦게 거칠게 생긴 남자 두 명이 정말로 나타났다. 털북숭이 P 왕자가 노름빚을 진 모양이었다. "밖에." 믹스트-업이 가능한 한 상냥하게 벙긋 웃었다. 거칠게 생긴 남자들이 천천히 고개를 끄덕였다. 그 남자들은 머리가 길고 믹 재거처럼 입술이 두툼했다. "그 사람은 바쁜 양반이지. 미리 약속을 잡았어야 했는데. 내가 전화부터 해야 한다고 말했잖아?" 첫번째 남자가 두번째 남자에게 말했다.

"그랬지." 두번째 남자가 동의했다. "이 일을 제대로 처리해야 한다고 자네가 말했지. 그자는 왕족이니까. 그리고 자네가 옳았어, 친구, 인정할게, 내가 완전히 틀렸어. 인정하네."

"명함을 남기고 가자. 그러면 그자가 알아서 우리를 기다릴 거야." 첫번째 남자가 말했다.

"완벽한 생각이야." 두번째 남자가 말했다. 그리고 주먹으로 늙은 믹스트-업의 입을 힘껏 쳤다. "당신이 그자한테 말해." 두번째 남자가 재차 말했다. 그리고 노인의 눈을 때렸다. "그자가 들어오

---

* 인도에서 '들어봐'라는 뜻으로 쓰는 말.

** 인도에서 상대가 이해를 했는지 확인할 때 쓰는 말.

*** 인도에서 상대의 동의를 구할 때 쓰는 말.

면 당신이 말하라고."

그런 다음 믹스트-업은 정문을 잠갔다. 하지만 한참 후에, 자정을 족히 넘은 시간에 쾅쾅거리는 소리가 들렸다.

믹스트-업이 소리쳤다. "누구?"

"우리는 B 마하라자의 친한 친구들이오. 아니, 그게 아니라 그냥 아는 사람들이오." 어떤 목소리가 말했다.

"정확히 말하자면 그는 우리가 아는 어떤 숙녀를 만나고 있소." 두번째 목소리가 말했다.

"우리가 접견을 간청하는 까닭도 그것과 관련이 있소." 첫번째 목소리가 말했다.

"갔어요. 제트기. 갔어요." 메시어가 말했다.

정적이 흘렀다. 두번째 목소리가 말했다. "제트기에 올라타지도 않았는데 제트기에 있을 수는 없지 않아, 어? 비아리츠든 몬테든 그 어디든 간에."

"확실히 전해. 전하가 돌아오기를 우리가 간절히 기다리고 있다고." 첫번째 목소리가 말했다.

"공통의 친구와 관련된 일로, 간절히 기다린다고 말이야." 두번째 목소리가 말했다.

가련한 상대가 갈팡대며 무얼 하겠는가? 체스 책에 있던 말들이 제멋대로 내 머릿속으로 불쑥 들어왔다. 어떻게 한 번에 모든 것을 방어할 수 있겠는가? 어디에 일격이 가해질 것인가? 메시어가 좌우로 공격을 전환하면서 나이도르프를 계속 도망 다니게 하는 모습을 보라!

이번에는 비록 물리력 행사는 없었지만 믹스트-업은 휴게실로 돌아가서 울기 시작했다. 그리고 잠시 후에 엘리베이터를 타고 오층으로 올라와, 돗자리에서 자고 있는 서튼리-메리를 향해 우편함에 대고 속삭였다.

"사히브를 깨우고 싶지 않았어." 메리가 말했다. "사히브의 문제가 뭔지 너도 알잖아, 나? 그리고 베굼 사히바는 하루가 끝나면 아주 피곤해. 그래서 지금 너한테 말하는 거야, 바바, 어떻게 하지?"

메리는 내가 무슨 대답을 내놓으리라 기대했을까? 나는 열여섯 살이었다. "믹스트-업은 경찰한테 전화를 해야 해." 내가 빤한 제안을 했다.

"안 돼, 안 돼, 바바." 서튼리-메리가 단호하게 말했다. "만약에 코터가 마하라자 이야기로 소문을 일으키면 결국에 코터만 귀가 달아날 거야.*"

별다른 수가 떠오르지 않았다. 나는 바보가 된 기분으로 그들 앞에 서 있었고, 두 사람은 간절하고 겁먹은 눈빛으로 나를 바라보았다.

"가서 자. 이 일에 대해서는 아침에 생각하자." 나는 그렇게 말하고서 생각에 잠겼다. 첫번째 폭력배 두 명은 전술가였다. 그런 사람들을 만나면 골치가 아프다. 하지만 두번째 두 명은 더 무서웠다. 그들은 전략가였다. 그들은 위협하겠다고 위협했다.

---

* '목이 달아날 거야'를 잘못 말한 것.

다음날 아침에 아무 일도 일어나지 않았고, 하늘은 맑았다. 주먹질도 정문의 위협적인 목소리도 별로 믿기지가 않았다. 하루가 지나가는 동안 두 마하라자 모두 수위의 휴게실에 들러서 오 파운드짜리 지폐를 믹스트-업의 조끼 주머니에 찔러넣었다. "요새를 잘 지켰군, 잘했어." P 왕자가 말했다. B 마하라자 역시 동일한 의견을 되풀이했다. "예상이 딱 들어맞았군. 이제 전부 처리됐어, 아차? 문제 끝."

아이아 메리, 코터, 그리고 나, 이렇게 셋은 그날 오후에 긴급 대책 회의를 열고 추가적인 조치는 불필요하다고 결정지었다. 나는 그러한 상황에서 현관 수위가 최전선인데 최전선이 잘 버티어주었다고 평가했다. 그리고 이제 위험은 지나갔다. 안심해도 좋다는 확약이 있었다. 이야기 끝.

"이야기 끝." 서튼리-메리가 반신반의하며 되풀이했다. 하지만 곧 쾌활하게 메시어를 안심시키려고 애썼다. "맞아요. 최고로 확실해요! 다 끝났어요, 끝." 메리가 손뼉을 치며 강조했다. 메리는 믹스트-업에게 체스 한 판 두겠느냐고 물었다. 하지만 이번만은 코터가 거절했다.

10

그후로 한동안 나는 더 가까운 곳에서 벌어지는 폭력 사태 때문에 믹스트-업과 서튼리-메리의 사정에 신경쓰지 못했다.

둘째 여동생 무니자는 이제 열한 살이 되었고, 조금 일찍 비행 청소년의 시기로 접어들고 있었다. 무니자는 아버지의 욱기를 고스란히 물려받아서 분별력을 잃으면 정말이지 지켜보기가 끔찍했다. 그 여름에 무니자는 일부러 아버지에게 싸움을 거는 듯했다. 어린 나이에 이미 아버지와 힘을 겨루어볼 준비가 된 모양이었다. (나는 딱 한 번 주방에서 무니자와 아바의 언쟁에 끼어든 적이 있었다. 그 아이는 찬가위를 움켜잡더니 그걸 나에게 내동댕이쳤다. 거기에 나는 넓적다리를 베였고, 그후로는 늘 일정 거리를 유지했다.)

두 사람의 전쟁을 목도하면서 나는 나 자신이 가족이라는 관념으로부터 떨어져나가고 있다고 느꼈다. 괴성을 지르는 여동생을 보며 그 아이가 정말로 훌륭하게 자신을 망가뜨리고 있다고, 정말로 의기양양하게 자신에게 가장 필요한 사람들과의 관계를 결딴내고 있다고 생각했다.

그리고 걸핏하면 화를 내고 얼굴을 찌푸리는 아버지를 보며 나는 영국 시민권에 대해 생각했다. 기존의 내 인도 여권으로 여행할 수 있는 나라는 극소수였고, 그 나라들은 여권 두번째 우측 페이지에 자세하게 열거되어 있었다. 하지만 나는 곧 영국 여권을 발급받을 테고, 그렇게 되면 수단과 방법을 가리지 않고 아버지로부터 도망칠 것이다. 나는 살면서 그렇게 얼굴을 찌푸리지 않을 것이다.

열여섯 살에는 누구나 아직 아버지에게서 도망칠 수 있다고 생각한다. 그 나이에는 자신의 입을 통해 말하는 아버지의 목소리를 듣지 못하고, 자신의 행동이 이미 얼마나 아버지를 닮아 있는지 깨닫지 못한다. 자신의 자세에서, 서명하는 방식에서 아버지의 모습을 발견하지 못한다. 자신의 핏속에 흐르는 아버지의 속삭임을 듣지 못한다.

지금부터 내가 말하려고 하는 그날, 두 살배기 여동생 츠호티* 셰에라자드, 작은 스케어-자드가 울기 시작했고, 그건 가족의 언쟁중에 흔히 일어나는 일이었다. 암마**와 아이아 메리가 그애를 유모차에 싣고서 재빨리 달아났다. 두 사람은 켄징턴 광장으로 유모차를 밀고 갔고, 풀밭에 앉아서 셰에라자드를 놓아주었다. 그 아이가 저 혼자 지치도록 노는 동안 두 사람은 선문답을 나눴다. 마침내 셰에라자드가 잠이 들자 두 사람은 저녁 어스름 속에 집으로 향했다. 그리고 웨이벌리 하우스 부근에서 잘 차려입은 젊은 남자 두 명과 마주쳤다. 그 젊은이들은 비틀스 머리에 그 밴드가 유행시킨, 목까지 단추를 채우는 옷깃 없는 재킷을 입고 있었는데, 그중 첫번째 남자가 어머니에게 매우 공손하게 혹시 B 마하라자의 부인이 아니냐고 물었다.

"아니에요." 어머니가 영광스럽다는 듯이 기쁜 목소리로 대답했다.

"아, 하지만 맞잖아요, 부인." 두번째 비틀스가 마찬가지로 공손하게 말했다. "부인은 웨이벌리 하우스로 향하는 중이었고, 그곳

---

* 인도에서 '작다'는 뜻으로 쓰는 말.

** 인도에서 '어머니'를 뜻하는 말.

은 마하라자의 거처잖아요."

"아니, 아니에요." 어머니가 여전히 기쁨으로 얼굴을 붉히며 말했다. "우리는 다른 인도인 가족이에요."

"과연 그렇겠죠." 첫번째 비틀스가 이해한다는 듯이 고개를 끄덕이더니, 자기 코 옆에 나란히 손가락을 대고서* 윙크를 하며 어머니를 놀라게 했다. "신분을 숨기고서, 음. 비밀이라 이거죠."

"이제 실례할게요." 어머니가 참을성을 잃고서 말했다. "우리는 당신이 찾는 여자들이 아니에요."

두번째 비틀스가 발로 유모차 바퀴를 툭툭 쳤다. "당신 남편이 여자들을 쫓아다닌다고요, 부인, 그 사실을 알고 있었나요? 네, 그 사람이 그런다니까요. 덧붙이자면 그것도 대단히 부지런하게."

"아주 부지런하지." 첫번째 비틀스가 낯빛을 흐리며 말했다.

"말했듯이 나는 마하라자의 아내가 아니에요." 어머니가 불현듯 불안감을 느끼며 말했다. "그분의 일은 나하고 상관없어요. 부디 가게 해줘요."

두번째 비틀스가 어머니에게 다가섰다. 어머니는 그 남자의 박하 향 나는 숨결을 느낄 수 있었다. "그자가 쫓아다니던 아가씨 중 하나가 속칭 우리의 피후견인이었어요." 그 남자가 설명했다. "그건 전문용어죠. 우리의 보호하에 있었다고요, 알겠어요? 그러니까 우리가 그 아가씨의 안녕을 책임지고 있었다고요."

"당신 남편이." 첫번째 비틀스가 위협적으로 이를 드러내며 목소

---

* 영국이나 북미에서 '우리끼리의 비밀이다'라는 의미로 쓰는 손짓.

리를 한 단계 높였다. "제품에 손상을 입혔다고. 내 말 알아들어, 왕비마마? 그 인간이 빌어먹을 제품에 손상을 입혔다니까."

"사람을 착각했어요, 흘리스." 서튼리-메리가 말했다. "웨이벌리 하우스에는 인도인이 많이 살아요. 우리는 점잖은 여자들이에요, 흘리스."*

두번째 비틀스가 안주머니에서 무언가를 꺼냈다. 칼날이 빛을 받았다. "쌍놈의 유색인종들. 당신들, 쌍, 이리 와봐. 당신들은, 쌍, 예의바르게 행동하는 법도 모르지, 쌍. 쌍놈의 와기스탄**으로, 쌍, 꺼져버리는 게 어때? 쌍놈의 검은 엉덩이를 따먹어줄 테니까. 자, 그럼." 그 남자가 칼을 들이대며 조용한 목소리로 덧붙였다. "블라우스 단추 풀어."

바로 그때 웨이벌리 하우스의 출입구에서 커다란 소리가 터져나왔다. 두 여자와 두 남자가 돌아다보니, 믹스트-업이 목이 터져라 소리를 지르면서 늙고 미친 얼간이같이 양팔을 풍차처럼 휘두르며 밖으로 뛰어나왔다.

"어이." 칼을 든 비틀스가 즐거운 표정으로 말했다. "저건 또 뭐야? 오 오 쌍놈의 일곱 살?"

믹스트-업은 말을 해보려고 무던히도 고통스럽게 애쓰고 있었지만, 그의 입에서 튀어나오는 것은 그저 원초적인 무정형의 소음

---

* fleas(벼룩들아). please를 계속 잘못 발음해 오해를 살 수 있는 상황이다.

** 남아시아나 중동 국가를 모욕적으로 이르는 말.

뿐이었다. 셰에라자드도 깨어나서 가세했다. 두 명의 비틀스는 불쾌한 표정을 지었다. 그때 늙은 믹스트-업의 내부에서 무슨 일인가가 벌어졌다. 무언가가 펑 하고 터지더니, 그가 허겁지겁 마구 지껄여댔다. "선생님들 선생님들 아니에요 선생님들 이 사람들 B씨 여자들 아니에요 선생님들 B씨 여자들 위층에 사층에 선생님들 B 마하라자도 같이 선생님들 절대 진짜예요 어머니 무덤에 맹세코."

이것은 오래전 뇌졸중 발작으로 혀가 망가진 이후에 그가 내뱉은 가장 긴 문장이었다.

믹스트-업의 급류 같은 말과 셰에라자드의 돌풍 같은 비명 때문에 출입문 곳곳에서 갑자기 머리들이 튀어나오며 주의가 집중되자, 두 명의 비틀스가 진지한 기색으로 고개를 끄덕였다. "명백한 착오군요." 그중 첫번째가 변명하듯 어머니에게 말했고, 정말로 허리를 숙여 인사했다. "누구에게나 일어날 수 있는 일이죠." 칼잡이가 유감스럽다는 듯 덧붙였다. 그들은 돌아서서 빠르게 걷기 시작했다. 그리고 메시어를 지나치다 말고 걸음을 멈추었다. "하지만 당신을 알아. 제트기. 갔어요." 칼잡이가 말했다. 그가 팔을 살짝 움직이자 믹스트-업 코터가 길바닥에 쓰러졌고, 복부의 상처에서 피가 배어났다. "다 괜찮아, 이제." 믹스트-업은 이렇게 내뱉고서 정신을 잃었다.

11

크리스마스 즈음 믹스트-업은 회복 추세에 접어들었다. 어머니는 집주인들에게 편지를 보내서 그를 "빛나는 갑옷의 기사"라고 칭했고, 그 편지 덕분에 믹스트-업은 보살핌과 일자리를 보장받았다. 그는 일층의 작은 방에서 계속 지냈고, 그동안 현관 수위의 임무는 교대 근무자들이 수행했다. 집주인들은 어머니에게 답장을 써서 "우리만의 영웅을 위한 최선"을 약속해주었다.

두 마하라자와 종자從者들은 내가 크리스마스 휴가를 맞아 집에 돌아오기 전에 모두 이사를 나갔고, 그래서 우리는 그뒤로 다시는 비틀스나 롤링 스톤스의 방문을 받지 않았다. 서튼리-메리는 되도록 많은 시간을 메시어와 함께 보냈다. 하지만 가련한 믹스트-업보다 더 나를 걱정시키는 것은 늙은 아이아의 표정이었다. 메리는 더 늙고 푸석푸석해진 듯 보였고, 언제라도 먼지로 바스러질 것만 같았다.

"학교에 있는 너를 걱정시키고 싶지 않았단다. 메리는 심장에 문제가 있어. 두근거리는 증상이지. 항상 그런 건 아니지만." 어머니가 말했다.

메리의 건강 문제 때문에 온 가족이 정신을 바짝 차렸다. 무니자는 성질을 부리지 않았고, 아버지마저 노력하고 있었다. 응접실에 온갖 방울로 장식한 크리스마스트리가 세워져 있었다. 우리집에서 크리스마스트리를 보는 것은 정말 별난 일이었기에 나는 상황이 꽤 심각함을 깨달았다.

크리스마스이브에 어머니는 우리가 캐럴을 몇 곡 부른다면 메리가 좋아할 거라고 말했다. 암마는 손으로 악보 여섯 부를 만들었다. 〈O Come, All Ye Faithful〉을 부를 때, 나는 자랑삼아 라틴어로 가사를 외워서 노래했다. 모두가 완벽하게 처신했다. 무니자가 이 따분한 노래 대신 〈Swinging on a Star〉나 〈I Wanna Hold Your Hand〉를 불러야 한다고 말했지만 정말로 진지하게 꺼낸 얘기는 아니었다. 그래, 이런 게 가족생활이지. 나는 생각했다. 아무렴.

하지만 우리는 단지 연극을 하고 있을 뿐이었다.

그 몇 주 전, 학교에서 우연히 나는 예배당 복도에서 울고 있는 미국인 남자애와 마주쳤는데, 그애는 우리 학교 럭비 팀의 스타였다. 내가 무슨 일이냐고 묻자, 그애는 케네디 대통령이 암살당했다고 했다. "못 믿겠어." 그렇게 말하기는 했지만 나는 그 이야기가 사실임을 알 수 있었다. 럭비 스타는 흐느끼고 또 흐느꼈다. 나는 그 아이의 손을 잡아주었다.

"대통령이 죽으면 그 나라는 고아가 되는 거야." 겨우 입을 연 그 아이가 미어지는 가슴으로 '보이스 오브 아메리카'*에서 들었을 법한 흔해빠진 격언 한 구절을 앵무새처럼 흉내냈다.

"나도 네 기분을 알아. 우리 아버지도 얼마 전에 돌아가셨거든." 나는 거짓말을 했다.

---

* 미국 정부가 운영하는 텔레비전·라디오 방송.

메리의 심장병은 원인불명으로 진단받았고, 예측할 수 없이 나타났다가 사라졌다. 그후 육 개월 동안 메리는 온갖 검사를 받았지만, 그때마다 의사들은 결국 고개를 내저었다. 메리에게서는 어떠한 문제도 발견되지 않았다. 밧줄로 말을 잡아 옭아매던 주인공들에게 메릴린 먼로가 미친듯이 화를 내던 영화 〈어울리지 않는 사람들〉에 등장하는 야생마들처럼, 심장이 가슴속에서 발길질을 하고 껑충껑충 뛰어대는 시기가 있다는 사실을 제외하면, 메리는 육체적으로 아주 건강했다.

메시어는 봄에 일터로 돌아왔지만, 지난 경험이 그에게서 자신감을 앗아갔다. 그는 더 느리게 웃었고, 눈도 더 흐릿해졌으며 더 내향적이 되었다. 메리 역시 자기 생각에 파묻혀 지냈다. 여전히 두 사람은 만나서 차를 마시고 크럼펫을 먹고 〈고인돌 가족〉을 봤지만, 뭔가 부자연스러웠다.

여름 초입에 메리가 선언했다.

"내 문제가 뭔지 알겠어요. 나는 집에 가야 해요." 느닷없이 메리가 부모님에게 말했다.

"하지만 아이야. 향수병은 진짜 병이 아니야." 어머니가 주장했다.

"우리가 이 나라에 건너온 까닭을 신만이 아시겠죠. 하지만 나는 더 머물 수가 없어요. 안 돼요. 안 되고말고요." 메리의 결심은 확고했다.

그러니까 메리의 심장을 망가뜨리고 있는 존재는 바로 영국이었고, 인도에 머물지 못함으로써 메리의 심장이 망가지고 있었다.

봄베이가 아닌 런던에 있다는 사실이 메리를 시들게 하고 있었다. 그렇다면 믹스트-업은? 코터 역시 메리를 망치고 있었을까? 그가 더는 그 자신이 아니기 때문에? 아니면 메리의 심장이 메리를 망치고 있었을까? 메리의 심장이 두 개의 다른 사랑에 묶여서 동과 서 양쪽으로 끌어당겨지고 있기 때문에, 메리의 심장이, 클라크 게이블에 의해 이쪽으로 몽고메리 클리프트에 의해 저쪽으로 채뜨려지던 영화 속 말들처럼 뒷발로 서서 히힝 울어대기 때문에, 메리는 살기 위해 선택을 해야만 했을까?

"나는 가야 해요. 네, 그렇고말고요. 바스*. 충분해요." 서튼리-메리가 말했다.

그해 여름, 1964년 여름에 나는 열일곱 살이 되었다. 찬드니는 인도로 돌아갔다. 두레의 폴란드인 친구 로잘리아가 옥스퍼드 스트리트에서 샌드위치를 먹으며, 나에게 "진짜 남자"와 약혼을 하게 되었다고 알렸고, 그래서 나는 그애를 다시 볼 생각 따위는 버릴 수 있었다. 즈비그니에프는 질투가 많은 남자였으니까. 지하철을 향해 걸어가는 동안 로이 오비슨이 내 귀에 대고 "끝났어"라고 노래를 불렀지만, 사실, 무엇 하나 실제로 시작된 것은 없었다.

서튼리-메리는 7월 중순에 우리를 떠났다. 아버지는 메리에게 봄베이행 편도 항공권을 사주었고, 그 마지막 아침은 작별의 고통으로 힘겨웠다. 우리가 메리의 가방들을 차에 내려다놓을 때, 현

---

* 인도에서 '충분하다'는 뜻으로 쓰는 말.

관 수위 메시어는 어디에도 보이지 않았다. 메리는 휴게실 문을 두드리지 않고 곧장 오크 목재로 장식된 로비를 걸어 밖으로 나갔고, 로비의 거울과 놋쇠들은 갓 닦여 반짝반짝 빛나고 있었다. 메리는 포드 조디액 뒷좌석에 올라타서 기내 휴대용 가방을 무릎에 올려놓은 채 뻣뻣하게 앞만 바라보았다. 나는 평생 메리를 알았고 사랑했다. 빌어먹을 코터는 상관없어. 하지만 나는 어떻게 해? 나는 메리에게 소리치고 싶었다.

공교롭게도 향수병이라는 진단에 대해서는 메리가 옳았다. 봄베이로 돌아간 후로 메리의 심장은 단 하루도 문제를 일으키지 않았다. 그리고 조카딸 스텔라의 편지가 확인해주었듯, 메리는 아흔한 살의 나이에도 여전히 건강했다.

메리가 떠난 직후에 아버지는 파키스탄으로 거주지를 옮기기로 결정했다고 우리에게 말했다. 늘 그렇듯 거기에는 어떠한 의논도 어떠한 설명도 없었으며, 그저 단순한 명령만 있었다. 여름방학이 끝날 무렵, 아버지는 웨이벌리 하우스의 임대차 계약을 종료했고, 내가 기숙학교로 돌아가 있는 동안 가족 모두는 카라치로 떠났다.

그해에 나는 영국 시민권자가 되었다. 내 생각에 나는 운이 좋은 축이었는데, 그 체스 경기에도 불구하고 도도가 내 편이 되어주었다. 그리고 여권이 여러모로 나를 자유롭게 해주었다. 여권 덕분에 자유로이 오갈 수 있었고, 아버지의 바람에 부합하지 않는 선택들을 할 수 있었다. 하지만 나 역시 목에 밧줄이 감겨 있었고, 오늘날까지도 그 밧줄이 나를 이리저리로 끌어당기고 있다. 동과 서, 그

팽팽한 끈들이 명령한다. 선택하라, 선택하라.

나는 껑충껑충 뛰고, 콧김을 내뿜고, 히힝 울고, 뒷발로 서고, 발길질을 한다. 나는 어떠한 밧줄도 선택하지 않는다. 올가미, 올무, 그중 어떠한 것도 선택하지 않는다. 듣고 있는가? 나는 선택하기를 거부한다.

우리가 이사를 나가고 일 년쯤 뒤에 나는 그 지역에 갔다가 늙은 코터가 어떻게 지내는지 보려고 웨이벌리 하우스에 들렀다. 가능하다면 코터와 체스를 한 판 두고 그에게 묵사발이 될 생각이었다. 로비가 비어 있어서 나는 작은 휴게실의 문을 두드렸다. 낯선 사람이 대답했다.

"믹스트-업은 어디?" 나는 깜짝 놀라서 소리쳤다. 그리고 즉시 겸연스레 사과했다. "그러니까, 수위 메시어 씨 말이에요."

"제가 수위입니다만, 손님. 저는 어떤 믹스 업*에 대해서도 아는 바가 없습니다." 그 남자가 말했다.

* mix-up. 난투극.

감사의 말

이 단편들 중 여섯 편은 다소 다른 방식이기는 했으나 예전에 발표된 적이 있다. 처음에 그 글들은 아래와 같은 지면에 게재되었다:

「좋은 충고는 루비보다 드물다」는 〈뉴요커〉에, 「공짜 라디오」는 〈애틀랜틱 먼슬리〉에, 「예언자의 머리카락」은 〈런던 리뷰 오브 북스〉에, 「요릭」은 〈인카운터〉에, 「루비구두 경매에서」는 〈그랜타〉에, 「크리스토퍼 콜럼버스와 스페인의 이사벨 여왕, 관계를 맺다(산타페, 서기 1492년)」는 〈뉴요커〉에.

「천체의 음악」「체코브와 줄루」「코터」는 예전에 발표된 적이 없다.

「천체의 음악」은 신비주의자에 관한 몇몇 자료에 있어서, 제임스 웨브의 저서들, 특히 『오컬트 지하운동 *The Occult Underground*』(Open Court, Illinois, 1974)과 『조화로운 원 *The Harmonious Circle*』(Putnam, 1980)의 도움을 받았다.

「코터」에 대해서, 저자는 가사 인용을 허가해준 다음의 저작권자들에게 감사를 전하고 싶다:

〈Speedy Gonzales〉, 버디 케이와 에설 리, 데이비드 힐 공동 작사. 저작권 ⓒ 1962, 1990 갱신. 국제 저작권에 의해 보호됨. 무단 전재 및 무단 복제를 금함. 저작권자 ⓒ David Hess Music Co. ($\frac{1}{3}$). Memory Lane Music Ltd의 허가를 구함. Carlin Music Corp. 영국 담당자의 너그러운 허가로 〈Speedy Gonzales〉의 가사를 전재함.

〈Jambalaya (On the Bayou)〉, 행크 윌리엄스 작사 · 작곡. 저작권 ⓒ 1952, 1980 갱신, Acuff-Rose Music Incorporated, USA. Acuff-Rose Opryland Music Limited, London W1. Music Sales Ltd의 허가로 전재. 무단 전재 및 무단 복제를 금함. 국제 저작권에 의해 보호됨.

〈Big Girls Don't Cry〉(밥 크루, 밥 가우디오 공동 작사 · 작곡) 및 〈Sherry〉(밥 가우디오 작사 · 작곡) ⓒ 1962, Claridge Music Inc, USA. Ardmore & Beechwood Ltd, London WC2H 0EA의 허가로 전재.

213~214쪽에 인용된 구절은 사실 1957년에 벌어진 S. 레셉스키와 M. 나이도르프의 경기에 관한 설명이며, 어빙 체르네프의 저서 『지상에서 가장 유익한 체스 경기들 *The Most Instructive Games of Chess Ever Played*』(Faber and Faber, 1966)에 기술되어 있다.

끝으로 빌 뷰퍼드, 수재나 클랩, 밥 고틀리브, 그리고 서니 메타,

에럴 맥도널드, 그리고 프랜시스 코디, 캐럴라인 미셸에게 감사의 마음을 전한다.

옮긴이의 말

살만 루슈디는 1947년, 인도에서 영국이 물러가고 파키스탄이 분립하던 해에 봄베이에서 태어났다. 그는 동양과 서양이 혼재하는 도시에서 유년 시절을 보내며 서로 다른 두 세계가 조화하고 상충하는 모습을 지켜보았고, 열세 살이 되었을 때 스스로 영국으로 가는 길을 택했다. 럭비 중등학교를 마치고 케임브리지 킹스 칼리지에서 역사를 전공한 후에 광고회사에서 카피라이터로 일하며 『그리머스』(1975)라는 소설로 문단에 첫발을 내디뎠으나, 이 작품에 대한 세간의 평가는 대체로 부정적이었다.

루슈디는 습작을 거듭하면서도 줄곧 정체성에 대한 혼란을 느꼈고 자신의 뿌리가 완전히 뽑혀나갔다는 당혹감에 시달렸다. 그의 부모는 무슨 이유에서인지 봄베이를 등진 채 파키스탄의 카라치로 떠났고, 그 때문에 그가 아끼던 봄베이는 타향이 되어버렸다. 루슈디는 자신이 누구인지 알기 전까지는 제대로 된 글을 쓸 수 없다고 생각했기에 인도인으로서 정체성을 회복하는 일이 무엇보다도 시급했다. 그래서 삶이 시작되었던 그곳 인도로 무작정 되돌아가서 풍요로운 영감의 젖을 마음껏 받아마시고 돌아와 다시금 글을 쓰기 시작했고, 오 년 만에 『한밤의 아이들』(1981)을 세상에 내놓았다. 신생국 인도와 같은 시각에 태어난 탓에 "역사에 손목이 묶여버린" 한 남자의 이야기가 현실과 환상을 넘나들며 마침내 세계 문학계를 사로잡았다.

그후, 루슈디는 『수치』(1983)에서 파키스탄의 정치 상황에 대해 신랄하고 비판적인 감정을 쏟아냈다. 부모의 이주로 그는 고향을 잃어버렸고, 그래서 파키스탄이라는 나라 자체를 역사적 실책으로 여기게 되었기 때문이었다. 이렇게 루슈디는 자신을 탄생시킨 세계에 대해 이야기했고, 이제 그 세계와 현재 자신이 살고 있는 세계를 연결시킬 차례였다. 직접 체험한 이민의 경험을 바탕으로 그곳과 이곳, 과거와 현재, 꿈과 현실이 뒤섞이는 과정을 탐구해볼 작정이었다. 그리고 사 년이 넘는 시간을 들여 『악마의 시』(1988)를 완성했다. 이 작품은 이민자를 괴물로 여기는 사회에서 진짜 괴물로 변해버린 이민자에 관한 이야기였으나, 등장인물의 꿈을 묘사하는 장면에서 이슬람을 모독했다 하여 이란의 지도자 호메이니가 작가와 출판 관련자들에게 사형을 선고한다는 '파트와'를 공표했고, 루슈디는 영국 정부의 보호를 받으며 도피생활을 시작해야 했다.

루슈디는 시시각각 생명의 위협을 느끼며 죽음만도 못한 치욕적인 삶을 연명해야 했지만, 인간의 생득권인 이야기에 대한 권리

만은 절대로 빼앗기지 않겠다는 듯 아라비안나이트의 셰에라자드처럼 계속해서 이야기를 만들어냈다. 그리고 1981년부터 1994년까지 썼던 단편을 모아 『이스트, 웨스트』(1994)를 발표했다. 이 단편집에는 동양에 관한 이야기 세 편, 서양에 관한 이야기 세 편, 그리고 동양과 서양이 교차하는 이야기 세 편이 실려 있다. 루슈디가 밝힌 바 있듯이 제목 가운데에 위치한 쉼표는 작가 자신을 의미하는데, 때로는 양쪽에 한 발씩 걸친 채 때로는 어느 쪽에도 발을 디디지 못한 채 존재하는 중간자를 상징한다. 루슈디는 이민자로 어린 시절에 문화 이동을 겪었기 때문에, 다양한 문화를 비판하고 포용할 수 있는 관점을 갖게 되었고, 문화적 순수성이 아닌 혼종성을 추구해왔다. 이 책에는 그러한 작가의 세계관과 이민자로서의 경험, 그동안의 작품 경향이 오롯이 담겨 있다.

'이스트'에서는 파키스탄과 인도, 그리고 두 나라의 분쟁 지역인 카슈미르가 공간적 배경으로 등장하는데, 작가는 자신이 한때 속했던 세계에 대한 애정과 연민의 시선으로 그곳의 삶에 바짝 다가들어 등장인물과 그들의 생활을 생생하게 묘사한다.

「좋은 충고는 루비보다 드물다」는 현대 이민자들이 당면하게 되는 최초의 난관, 입국 비자에 얽힌 이야기다. 떠나기 위해 영국영사관에 모여드는 여자들, 그리고 그들에게 사기를 쳐서 먹고사는 남자와 남기 위해 애쓰는 여자의 이야기가 마치 오헨리의 단편처럼 웃음과 애수를 자아낸다. 「공짜 라디오」는 인도의 국가 비상사태 때 강제로 시행됐던 불임수술과 공짜 라디오를 얻기 위해 기꺼이 남성성을 희생한 남자의 이야기다. 루슈디는 모국의 정치를 주요 소재로 자주 다뤘는데, 이 글에서는 당시 인도 정부의 정책에 대한 조롱과 빈민들을 향한 애처로움을 담아냈다. 「예언자의 머리카락」은 물신숭배와 종교적 극단주의가 한 가족에게 불러일으킨 참극에 관한 이야기다. 실제로 일어났던 사건에 소설적 상상력을 더해서 종교의 존재 의미를 되새기고 있다.

'웨스트'에서는 서양의 문학과 영화, 역사를 글감으로 삼아 세상의 부조리를 날카롭게 풍자한다. 루슈디는 능청스레 독자를 글에 개입시키기도 하고, 글의 시점과 형식을 홱홱 바꾸기도 하고, 사실과 허구, 역사와 상상, 현실과 환상을 마구 교차시키기도 하며 특유의 서사 방식을 유감없이 발휘한다.

「요릭」은 햄릿을 패러디한 작품으로 어린 햄릿의 술수에 놀아나는 광대 요릭의 이야기인데, 이 글은 파트와 이전에 쓰였으나 마치 유치한 권력자의 횡포로 도피생활을 하게 될 자신의 처지를 내다본 예언서 같다. 「루비구두 경매에서」는 원하기만 하면 언제라도 집에 데려다주는 구두, 모든 것을 돈으로 사고파는 시대, 집이라는 개념마저 불확실해져버린 미래에 대한 디스토피아 소설이다. 화자는 루비구두 입찰에서 탈락한 후에야 비로소 자유를 느끼는데, 이를 통해서 작가는 집이라는 대상을 그리워하면서도 그러한 갈망으로부터 벗어나려고 애쓰는 자신의 양가감정을 드러내 보인다. 「크리스토퍼 콜럼버스와 스페인의 이사벨 여왕, 관계를 맺다」는 콜럼버스와 이사벨 여왕의 관계를 재해석한 글이다. 외국인 콜럼버스를 바라보는 시선, 투명인간으로 치부되는 콜럼버스 등을 통해 콜럼버스에 투영된 작가의 모습을 발견할 수 있다.

'이스트, 웨스트'에서는 영국 이민자로서 겪었던 개인적 경험을 바탕으로 두 세계가 만나서 병존하고, 경쟁하고, 조화하고, 충돌하는 모습을 보여준다.

「천체의 음악」은 신비주의에 빠져 동양과 서양의 비전秘傳을 통합하려고 시도하다가 정신분열증으로 자살하는 영국인과 신비주의를 통해 통일된 정체성과 소속감을 확립해보려다가 포기한 인도인 이민자, 두 친구의 우정과 파국에 대한 이야기다. 동과 서는 있는 그대로도 조화로운 양립이 가능한 존재들이므로 인위적이고 강제적인 병합은 불필요하다는 메시지를 담고 있다. 「체코브와 줄루」는 인디라 간디가 시크교도에게 암살당할 즈음에 영국에서 외교관으로 활동하던 두 인도인 친구에 관한 이야기다. 어린 시절에는 두 사람 모두 〈스타트렉〉에 열광했으나 성인이 되어서는 가치관의 차이로 서로 다른 길을 가게 된다. 이 글에서는 배외주의와 문화상대주의, 그리고 테러리즘에 대한 작가의 생각을 엿볼 수 있다. 「코터」는 작가의 자전적 이야기로, 생존을 위한 이민자들의 투쟁, 인종차별, 문화 갈등, 정체성에 대한 고민, 그 속에서 싹트는 사랑, 1960년대 대중문화에 대한 향수가 서구 문화의 중심지 런던을 배경으로 "한덩어리로 섞여 부글댄다". 그리고 "사랑하는 모국으로부터 강제로 유배당한" 작가(인도는 전 세계에서 가장 먼저 『악마의 시』를 금서로 지정했고 십여 년 동안 루슈디의 입국을 허가하지 않았다)는 동과 서 어느 쪽도 선택하지 않겠노라고 절규한다.

루슈디는 이민자라는 위치가 제공해준 정치적, 윤리적 중간 지대에서 권위와 관습을 벗어던지고 창조적 일탈을 꿈꾸며 글을 통해 세상을 조금 더 넓혀보려고 노력한다. 『이스트, 웨스트』는 단편집이지만, 그 속에 담긴 주제와 혜안은 결코 작지 않으며, 환상적인 필치와 현란한 문체 또한 전혀 모자라지 않다. 말로 이야기를 만들어내는 즐거움을 위해 목숨까지 내걸었던 작가에게 잠시 귀를 내어줘도 좋겠다. 우리는 앞으로도 영원히 이야기와 함께 살아가야 할 테니.

김송현정

1975년 첫 장편소설 『그리머스』 출간.
1981년 『한밤의 아이들』 출간. 부커 상, 제임스 테이트 블랙 메모리얼 상 수상.
1983년 장편소설 『수치』 출간.
1987년 니카라과 여행기 『재규어의 미소』 출간.
1988년 장편소설 『악마의 시』 출간. 휫브레드 최우수 소설상 수상.
1990년 장편동화 『하룬과 이야기 바다』 출간.
1992년 산문집 『가상의 조국』 출간. 스웨덴 쿠르트 투홀스키 문학상 수상. 오스트리아 정부가 수여하는 유럽문학상 수상. 영국 문인협회 최우수 아동문학상 수상.
1993년 『한밤의 아이들』이 '부커 오브 부커스'에 선정.
1994년 단편집 『이스트, 웨스트』 출간.
1995년 장편소설 『무어의 마지막 한숨』 출간. 휫브레드 최우수 소설상 수상. 영국 올해의 작가상 수상.
1996년 유럽연합 아리스테이온 상 수상.
1999년 장편소설 『그녀가 밟은 땅』 출간. 프랑스 레지옹 도뇌르 코망되르 훈장을 받음.
2001년 장편소설 『분노』 출간.
2002년 산문집 『이 선을 넘어라』 출간.
2005년 장편소설 『광대 샬리마르』 출간. 인도 크로스워드 영어소설상 수상.
2007년 영국 왕실로부터 기사 작위를 받음.
2008년 『한밤의 아이들』이 '베스트 오브 더 부커'에 선정. 장편소설 『피렌체의 여마법사』 출간.
2010년 장편동화 『루카와 생명의 불』 출간.
2012년 자서전 『조지프 앤턴』 출간.
2014년 펜/핀터 상 수상. 한스 크리스티안 안데르센 문학상 수상.

옮긴이 **김송현정**

고려대학교 경영학과를 졸업하고, 현재 번역가 및 외서 기획자로 활동중이다.

문학동네 세계문학

이스트, 웨스트

초판인쇄 2015년 8월 4일 | 초판발행 2015년 8월 13일

지은이 살만 루슈디 | 옮긴이 김송현정 | 펴낸이 강병선
책임편집 여승주 | 편집 김용욱 황도옥 이현정 | 모니터링 이희연
디자인 고은이 이원경 | 저작권 한문숙 박혜연 김지영
마케팅 정민호 이미진 정진아 전효선 | 홍보 김희숙 김상만 한수진 이천희
제작 강신은 김동욱 임현식 | 제작처 한영문화사

펴낸곳 (주)문학동네
출판등록 1993년 10월 22일 제406-2003-000045호
주소 413-120 경기도 파주시 회동길 210
전자우편 editor@munhak.com | 대표전화 031) 955-8888 | 팩스 031) 955-8855
문의전화 031) 955-1927(마케팅) 031) 955-1917(편집)
문학동네카페 http://cafe.naver.com/mhdn | 트위터 @munhakdongne

ISBN 978-89-546-3724-4 03840

www.munhak.com